Schneider Taschenbuch

Betsy Byars

DIE GEHEIMNISVOLLE MONDNACHT

Betsy Byars

Die geheimnisvolle Mondnacht

Deutsch von Ursula Dotzler

Illustriert von Ulrike Heyne

SCHNEIDER BUCH

erschienen bei Delacorte Press, New York, N.Y.
Originaltitel: THE NIGHT SWIMMERS
Übersetzung aus dem Amerikanischen: Ursula Dotzler
Illustrationen: Ulrike Heyne
Titelbild: Art-Design Wolfrath
Umschlaggestaltung: Claudia Wolfrath
Druck: Presse-Druck Augsburg
Bindung: Conzella Urban Meister, München-Dornach
ISBN 3-505-10197-4

Inhalt

Nachts im fremden Garten	7
Roy ist zu dick	15
Die geheimnisvolle Wunderpflanze	21
Paps, hör mal zu!	28
Retta haßt Spaghetti	32
Jemand beobachtet uns!	40
Rettas Traum	46
Johnny und Roy verschwinden	51
Johnny ist kein Feigling	58
Retta hat Angst	64
Es kommt Besuch	69
Johnny hat einen Plan	77
Ein Geheimnis in der Nacht	82
Roys großes Abenteuer	87
Der unheimliche Luftballon	94
Johnnys neuer Freund	100
Es ist etwas passiert!	104
Brenda weiß Rat	110
Wir schaffen es gemeinsam	117

Nachts im fremden Garten

„Und wenn uns jemand sieht?" flüsterte Roy. Als die Lichter ausgeschaltet wurden, die das Schwimmbecken anstrahlten, und der Oberst und seine Frau zu Bett gegangen waren, kamen die Geschwister Anderson aus dem Gebüsch. Leise schlichen sie über den samtweichen Rasen und über den gepflasterten Innenhof.

Am Rand des Schwimmbeckens blieben sie stehen. Das Mädchen Retta, gerade dreizehn, sagte: „Da seht ihr, wie schön es ist. Ich hab's euch ja gesagt!" Sie sah so stolz auf das glitzernde Wasser, als gehörte ihr das Schwimmbecken persönlich – und nicht den Nachbarn.

„Aber wenn uns jemand sieht?" beharrte Roy. Unbehaglich zog er seine Unterhose hoch. Das Gummiband war gerissen, und er wußte nicht, ob die Sicherheitsnadel halten würde.

„Keiner wird uns sehen. Es ist zu dunkel!" Retta zuckte mit den Schultern, als wäre es sowieso nicht weiter wichtig. „Bis dorthin ist das Wasser flach. Kommt jetzt!"

Sie führte ihre beiden jüngeren Brüder zum Ende des Schwimmbeckens. Zusammen gingen die drei die Stufen hinunter.

„Es ist kalt!" sagte Roy. Er umklammerte seine Hose fester und zog sie fast bis zur Brust hoch.

„Man gewöhnt sich daran."

Plötzlich riß sich Johnny, der ältere der beiden Jungen, los. „Ich möchte die Leiter hinunterklettern", sagte er. Er begann um das Schwimmbecken herumzulaufen.

Retta runzelte leicht die Stirn. Seit kurzem begann Johnny seine eigenen Wege zu gehen. „Na gut", rief sie ihm nach und gab ihm nachträglich Erlaubnis, „aber dann schwimmst du gleich ins flache Wasser herüber, hast du verstanden? Ich hab keine Lust, dich aus dem Wasser zu ziehen!"

„Brauchst du auch nicht." Während Johnny nach der glatten Metalleiter griff, fühlte er sich plötzlich richtig erwachsen. Langsam stieg er ins Wasser; es war kalt. Er paddelte wie ein Hund zu Retta und Roy hinüber. Dabei bewegte er den Kopf von einer Seite zur anderen, weil er dachte, sein Hundegepaddel würde auf diese Weise eindrucksvoller aussehen.

„Jetzt spielt ihr zwei hier im flachen Wasser, während ich ein bißchen schwimme“, sagte Retta leise, als Johnny wieder bei ihnen war.

„Warum soll ich im flachen Wasser bleiben?“ fragte Johnny.

„Weil nur immer einer von uns ins tiefe Wasser gehen kann. Das ist ausgemacht, und du bist schon drangewesen.“

Neben ihnen tat Roy so, als würde er schwimmen. Er hatte die linke Hand auf dem Boden des Schwimmbeckens und hob die rechte in einer kunstvollen Schwimmbewegung. Dann legte er die rechte Hand auf den Boden und hob die linke.

„Willst du mal sehen, wie ich schwimme, Retta?“ fragte er.

„Prima, Roy“, lachte sie. Dann ging sie ins tiefe Wasser und begann mit ruhigen Zügen zu schwimmen. Sie wußte, daß Johnny sie beobachtete. Er hoffte sicher, sie bei einem Fehler zu ertappen. Sie ahmte die Bewegungen der Wassernixen im Fernsehen nach. Sie legte sich auf den Rücken, dann wirbelte sie herum und tauchte unter. Ihre Füße erschienen über dem Wasser, und ihre gestreckten Zehen glänzten im Mondlicht.

Johnny war zugleich beeindruckt und verärgert. Weil er

an Retta keinen Fehler finden konnte, sah er auf Roy nieder und sagte boshaft: „Du schwimmst ja gar nicht richtig."

„Tu ich doch!" Roy hielt mitten in der Schwimmbewegung inne, um sich nach Johnny umzusehen.

„Du hast die Hand auf dem Boden!"

„Hab ich nicht", sagte Roy. „Hier ist meine Hand, genau hier!"

„Die andere ist auf dem Boden!"

Roy wechselte rasch die Hände. „Ist sie nicht. Schau doch, hier ist die andere!"

„Ach, darauf fällt doch keiner rein."

Johnny drehte sich wieder um, um seine Schwester zu beobachten. Sie war jetzt unter dem Sprungbrett. Sie hob die Arme und griff mit beiden Händen nach dem Brett. Dabei warf sie einen Blick auf ihre Brüder, um zu sehen, ob sie sie beobachteten. Als sie sich vergewissert hatte, machte sie einen Kreuzaufzug und sank lautlos ins Wasser.

Sie schwamm an den Rand des Beckens und kletterte hinaus, ohne die Leiter zu benutzen. Dann holte sie die Luftmatratze, die Frau Roberts gehörte. Sie trug sie zu ihren Brüdern ans flache Ende des Schwimmbeckens.

„Wollt ihr mal damit herumpaddeln?"

Roy hielt mitten in einer Schwimmbewegung inne und sah Retta unter dem ausgestreckten Arm hervor an. „Meinst du, wir dürfen sie benutzen?" fragte er.

„Klar. Hinauf mit dir!"

Die Jungen krochen auf die Luftmatratze und streckten

sich steif darauf aus. Sie hielten die Arme eng an den Körper gepreßt.

„Ich schiebe euch durchs Becken." Retta begann die Luftmatratze ins tiefere Wasser zu stoßen. „Fühlt ihr euch nicht richtig toll so?"

Johnny nickte. Er zitterte in seiner nassen Unterhose. Die Aufregung und die kalte Nachtluft machten sich bemerkbar. Er versuchte sich zu entspannen, versuchte sich toll zu fühlen, wie Retta gesagt hatte. Er stellte sich vor, er wäre in seinem eigenen Swimming-pool. Das wirkte.

„Jetzt seid ihr doch froh, daß ihr mitgekommen seid, oder?" fragte Retta und spuckte einen Schwall Wasser aus, der ihr in den Mund gekommen war. Sie war jetzt im tiefen Teil des Beckens und schob die Luftmatratze unter das Sprungbrett.

Roy hob eine Hand und berührte das Sprungbrett. Retta lächelte. Ein wunderbares Gefühl von Zugehörigkeit erfüllte sie an diesem Abend. Es war, als gehörte der Swimming-pool wirklich ihr.

„Noch eine Runde?"

Ohne eine Antwort abzuwarten, schob sie die Matratze weiter. Retta meinte, sie müßte ihre Brüder nach ihren Vorstellungen erziehen. Oft sagte sie zu ihnen: „Wir werden alles tun, was reiche Leute auch machen." Und dann fügte sie meistens hinzu: „Nur müssen wir es eben abends tun, das ist der einzige Unterschied."

Beide Jungen entspannten sich jetzt richtig. Der Chlorgeruch erschien ihnen wie der Inbegriff von Unabhängigkeit und Freiheit. Sie atmeten tief, während ihre Schwester sie durchs Wasser schob.

Johnny hatte die Hände hinter dem Kopf verschränkt. Roy wartete mit erhobenem Arm, um wieder nach dem Sprungbrett zu greifen.

Plötzlich flammte im ersten Stock des Hauses ein Licht auf. Die Geschwister erstarrten. Ihre Gesichter wandten sich dem erhellten Fenster zu. Retta wartete im glitzernden Wasser, die Arme und Beine gespreizt wie ein Frosch.

„Retta!“ jammerte Roy. Das Mondlicht beleuchtete sein vor Angst verzerrtes Gesicht. Er war der Jüngste und fürchtete am meisten, ertappt zu werden.

„Alles in Ordnung“, beruhigte ihn seine Schwester. Sie streckte die Hand aus und legte sie auf seine zitternde Schulter. „Das ist nur das Badezimmerlicht.“

„Woher weißt du das?“

„Ich weiß es eben. Wenn du den Mund halten würdest, könntest du vielleicht die Klospülung hören.“

„Ich will jetzt von dem Ding herunter“, sagte Johnny. Er fühlte sich schutzlos und ausgeliefert. Wenn jemand aus dem Fenster sah, dachte er, wäre er der erste, der bemerkt wurde. Das Wasser war sicherer. Er rollte von der Matratze und landete mit einem Platsch im Wasser.

„Still, sonst hören sie uns!“ warnte Retta.

„Kipp mich nicht um!“ kreischte Roy. Er strampelte, um in die Mitte der Luftmatratze zu kommen, doch sie kippte bereits. Roy plumpste ins Wasser, die Arme um Rettas

Hals geklammert.

Sein Kopf kam unter Wasser. Er tauchte spuckend wieder auf. „Laß mich nicht ertrinken!“ schrie er.

„Sei doch still!“ flüsterte Retta.

Die drei waren nun am Rand des Schwimmbeckens. Johnny hielt sich an der Matratze fest, Retta hielt Roy. Ihre Gesichter waren noch immer dem viereckigen Lichtschein zugewandt.

„Ich habe Angst“, flüsterte Johnny. Er zitterte heftig. Seine Zähne begannen zu klappern.

„Du brauchst keine Angst zu haben!“

„Gehen wir nach Hause.“

„Noch nicht.“

„Ich hasse es, wenn die Leute uns wegjagen“, sagte Johnny.

„Ich auch“, bestätigte Roy. Er sprach immer mit lauter, entschiedener Stimme, wenn er mit seinem Bruder übereinstimmte. „Und ich möchte auch heim!“

„Paßt mal auf“, erklärte Retta. „Die Leute jagen einen weg, weil sie ihr Schwimmbad für sich allein haben wollen. Es soll nur ihnen gehören. Aber bei uns klappt das nicht. Wir werden hier den ganzen Sommer lang jeden Abend schwimmen.“

Während sie das sagte, verlöschte das Licht im ersten Stock des Hauses.

„Da seht ihr's, ich hab's euch doch gesagt!“ Retta nickte zufrieden. „Es war das Badezimmer.“

„Mir ist kalt. Ich möchte gehen.“ Johnny war am dünnsten von den drei Geschwistern und daher am empfindlichsten gegen Kälte.

„Wir plätschern noch mal ein bißchen im Wasser herum, und dann gehen wir. Kommt, wir halten uns alle an der Luftmatratze fest. Los, alle abstoßen!"

„Ich möchte gehen. Mir ist kalt!" jammerte Roy.

„Noch nicht", sagte Retta entschieden. Sie hatte sich vorgenommen, nie sofort wegzugehen. Selbst wenn der Oberst höchstpersönlich aufgetaucht wäre und sie mit militärischer Stimme angeherrscht hätte, hätte sie immer noch auf dieser letzten Runde bestanden; zumindest glaubte sie das.

Stumm schoben sie die Luftmatratze noch einmal durch das Schwimmbecken. Johnny setzte all seine Kraft ein, um es rasch hinter sich zu bringen. Das einzige Geräusch war das Klappern seiner Zähne.

Als sie wieder im flachen Wasser waren, richtete sich Retta auf. „Jetzt gehen wir nach Hause", sagte sie.

Sie zog die Luftmatratze aus dem Becken und brachte sie dorthin zurück, wo sie sie gefunden hatte. Gemeinsam liefen die drei über den Rasen und holten ihre Kleidung aus dem Gebüsch. Während sie unter den Bäumen gingen, zogen sie ihre Jeans an. Retta mochte das Gefühl von trockener Kleidung auf der nassen, abgekühlten Haut.

„War das nicht prima?" fragte sie.

Roy nickte. Er hüpfte auf einem Fuß und versuchte mit dem anderen ins Hosenbein zu schlüpfen. Seine nasse Unterhose rutschte, und er zog sie hoch. Retta stützte ihn dabei am Ellbogen.

Dann gingen sie am Rosengarten und an den Zitronenbäumen aus Florida vorbei und kletterten schließlich über die Mauer. Und während sie gingen, lag ein schwaches Lächeln des Triumphs auf Rettas Gesicht.

Roy ist zu dick

Die Geschwister Anderson stürmten lärmend ins Haus. Sie schrien einander zu, sie knipsten Licht an und aus, während sie in ihre Zimmer gingen. Roy blieb im Wohnzimmer stehen und drehte den Fernseher an, doch sobald Retta es hörte, kam sie zurück und stellte ihn wieder ab.

„Warum läßt du mich nicht fernsehen?“ quengelte Roy.

„Weil's schon spät ist. Geh jetzt ins Bett.“ Sie deutete mit einer Hand auf sein Zimmer. Die andere Hand hatte sie in die Hüfte gestützt. Wenn sie so dastand wie eine richtige Mutter, wußte Roy, daß es keinen Zweck hatte, zu widersprechen.

„Ich darf nie etwas!“ schrie er. Dann stampfte er aus dem Zimmer.

Sie brauchten nicht leise zu sein, denn das Haus war leer. Shorty Anderson, ihr Vater, war Country-Sänger und arbeitete nachts. Ihre Mutter war seit zwei Jahren tot, und

Retta zog ihre beiden Brüder auf. Jetzt hatten sie Ferien.

„Soll ich euch was zu essen machen?“ fragte sie. Der Erfolg dieses Abends bewirkte, daß sie sich den beiden gegenüber noch mütterlicher als sonst fühlte.

Im Flur stockte das stampfende Geräusch von Roys Schritten. „Erdnußbutterbrot“, sagte er rasch.

„In Ordnung.“

„Mit Banane!“

„Möchtest du auch etwas, Johnny?“

„Nein“, murmelte Johnny schläfrig. Er war schon im Schlafanzug, kroch ins Bett, drehte sich mit dem Gesicht zur Wand und schlief bald ein.

Neben ihm bereitete sich Roy auf sein Erdnußbutterbrot vor. Er strich die Decke über seinem Körper so sorgsam glatt, als wäre sie ein Tischtuch. Er wischte sich die Hände vorn und hinten an seinem T-Shirt sauber. Roy aß für sein Leben gern. Der Gedanke an das unerwartete Erdnußbutterbrot ließ sein Gesicht vor Freude strahlen, denn Retta erlaubte ihnen sonst nicht, abends im Bett noch etwas zu essen.

In der Küche, im hellen Licht der Lampe über dem Spültisch, summte Retta leise vor sich hin. Sie schnitt die Banane in Streifen und legte die Scheiben ordentlich auf die Erdnußbutter. Im Fenster konnte sie ihr Spiegelbild sehen. Ihr langes, feuchtes Haar schwang bei jeder Bewegung mit. Sie lächelte ihrem Bild zu.

An diesem Abend war Retta glücklicher als seit Monaten. Sie hatte sich ihr ganzes Leben lang um ihre Brüder kümmern müssen, doch in diesem Sommer waren sie in eine andere Stadt gezogen, und sie fühlte sich einsam. Dieser Abend aber war schön gewesen. Sie und ihre Brüder waren jetzt wie Freunde, fand sie, die alles gemeinsam unternahmen. Die Sommerferien lagen wie eine lange Reihe von abwechslungsreichen Tagen vor ihr.

Das Brot mit Erdnußbutter und Banane war fertig. Retta legte es auf ein Glas Milch und trug es ins Zimmer ihrer Brüder.

„Danke, Retta." Roy war immer sehr höflich, wenn es ums Essen ging. Er sagte „bitte" und „danke", ohne es überhaupt richtig zu merken. Im Kindergarten hatte er nie von Fräulein Elisabeth ermahnt werden müssen: „Na, und wie sagt man zu Frau Hartley für die Plätzchen?" Denn Roy stieß schon beim bloßen Anblick einer weißen Kuchenschachtel „danke!" hervor.

Er drehte sein Brot vorsichtig herum wie ein Hund, der seinen Knochen umkreist. Als er das erste Stück abbiß, trat ein zufriedener Ausdruck auf sein Gesicht.

Wie immer, begann er zuerst die Brotkruste zu essen. Er knabberte behutsam die Kruste ab und bemühte sich dabei, möglichst manierlich zu essen. Seiner Erfahrung nach bekam man mehr, wenn man ordentlich aß und nicht zu schnell schlang.

Retta lehnte sich gegen die Kommode und beobachtete, wie er sein Brot rundherum abknabberte. Gerade als er das letzte Stück Kruste verzehrt hatte und seine Zähne in die Erdnußbutter und die Bananenscheiben vergraben wollte, sagte sie: „Aber morgen setze ich dich auf Diät, Roy."

Er war so erschrocken, daß er fast sein Brot fallen ließ. Er sah sie an. In der Erdnußbutter blieb der hufeisenförmige Abdruck seiner Zähne zurück. „Was?"

„Morgen setze ich dich auf Diät."

„Aber warum?" Es war ein richtiger Schmerzensschrei. „Ich bin doch nicht fett!"

„Du mußt schon jetzt weitere Jeans tragen als Johnny. Es dauert nicht mehr lange, dann brauchst du noch eine Nummer größer."

„Brauch ich nicht!"

„Wir reden morgen darüber."

„Ich werde keine größere Hose brauchen. Ich versprech's!"

„Wir reden morgen darüber", wiederholte Retta in dem überlegenen Ton, den sie von den Müttern im Fernsehen kannte.

„Ich verspreche dir...", begann Roy.

„Halt jetzt endlich den Mund und lieg still!" Johnny fuhr hoch und stützte sich auf die Ellbogen. Er warf Roy einen wütenden Blick zu. „Ich will schlafen!"

„Ich werde jedenfalls nicht Diät halten, das sage ich dir!" Um seiner Feststellung Nachdruck zu verleihen, begann Roy große Stücke vom Brot abzubeißen. Er kaute und steckte die Bananenscheiben mit den Fingern in den Mund. Dann verschränkte er die Arme vor der Brust und sah Retta trotzig an. Er schmatzte und kaute noch lange, nachdem das Brot aufgegessen war. Endlich saß er mit verschränkten Armen da und starrte seine Schwester an.

„Trink deine Milch", sagte sie.

Er trank ohne abzusetzen und ohne den Blick von Retta zu wenden.

„Also dann, gute Nacht", sagte sie.

„Gute Nacht, Loretta!" rief er ihr nach, weil er sie ärgern wollte. Er wußte, wie sehr sie es haßte, wenn man sie mit ihrem vollen Namen anredete. Sie ärgerte sich immer, daß sie nach einer bekannten amerikanischen Country-Sängerin benannt worden war. „Loretta Lynn!" schrie er.

Sie drehte sich um. „Gute Nacht, Roy Acuff!" Auch Roy hatte seinen Vornamen nach einem bekannten Country-Sänger bekommen.

„Loretta Lynn!"

„Roy Acuff!"

„Hört endlich auf!" brüllte Johnny. Er saß aufrecht im Bett und funkelte die beiden wütend an.

Roy legte sich zurück. „Johnny Cash." Er formte den Namen nur mit den Lippen und verspottete seinen Bruder damit lautlos.

Dann strich er die Decke über seinem Magen glatt. In solchen Nächten vermißte er seine Mutter am meisten. Plötzlich stellte Roy sich vor, wie sie in sein Zimmer kam, in einem ihrer Kostüme aus weißer Seide mit dem Muster aus Gitarren, in dem sie oft aufgetreten war.

Tagsüber konnte er sich nie erinnern, wie seine Mutter ausgesehen hatte. Oft sah er sich ratlos ihre Fotos an. Doch in einsamen Nächten fiel ihm jede Einzelheit wieder ein.

Heute nacht überraschte ihn seine Mutter damit, daß sie ihm ein Tablett voll kleiner Kuchen mit brennenden Kerzen darauf brachte. Sie kam noch immer lächelnd auf sein Bett zu, als er einschlief.

Im Wohnzimmer saß Retta auf dem Sofa. Sie griff nach der Abendzeitung. Für gewöhnlich blätterte sie abends die Zeitungen durch, um zu sehen, was man am nächsten Tag unternehmen konnte. Oft wurde ein Gratisausschank von Coca Cola bei McDonald's angekündigt oder eine Geschäftseinweihung, bei der man etwas geschenkt bekam.

Heute abend aber interessierte sie sich nicht für so unbedeutende Ereignisse. Jetzt hatte sie den Swimmingpool, und er war nur fünf Häuserblocks entfernt, das war das Beste daran; gleich auf der anderen Seite des Parks. Morgen, dachte sie, hole ich ein paar Autoschläuche aus der Tankstelle. Plötzlich setzte sie sich kerzengerade auf. Und Badeanzüge! Ich kaufe Badeanzüge!

Die Vorstellung, wie sie und ihre Brüder in schönen neuen Badeanzügen über den Rasen von Oberst Roberts gingen, war so deutlich, so überwältigend, daß Retta entschlossen war, sie zu verwirklichen.

Sie stand auf und ging in die Küche. Ihr Vater bewahrte das Haushaltsgeld in der Brotdose auf. Retta öffnete den Deckel und zählte das Geld. Sieben Dollar und neununddreißig Cents. Sie überlegte. Für die Badeanzüge würde sie mindestens siebzehn Dollar brauchen.

Retta verließ die Küche. Als sie am Zimmer ihrer Brüder vorbeikam, warf sie einen Blick durch die offene Tür. Die

Jungen schliefen beide. Johnny war ein langer, schmaler Umriß unter der Bettdecke, Roy rund wie eine Kugel. „Wir werden Schwimmschläuche und Badeanzüge kaufen!" sagte Retta leise zu ihnen. Und mit einem zufriedenen Gefühl, so, als hätten sie all das schon, ging sie in ihr Zimmer.

Die geheimnisvolle Wunderpflanze

Es war zehn Uhr vormittags, und es regnete; ein heftiger, prasselnder Regen, der tagelang anhalten konnte, falls sich der Wind nicht drehte.

Retta saß auf der obersten Verandastufe und aß ein Toastbrot. Als sie fertig war, leckte sie ihre Finger ab, stand auf und ging langsam ins Haus. Sie schob die Tür leise hinter sich zu. Ihr Vater schlief in seinem Zimmer, und er hatte es nicht gern, von zuschlagenden Türen, laut aufgedrehtem Fernseher oder schreienden Kindern geweckt zu werden.

Einen Augenblick lang stand sie mit dem Rücken zur Tür. Im Wohnzimmer herrschte fürchterliche Unordnung. Die Polstermöbel waren abgeschabt und verschossen. Zeitungen und Briefe, manche zu faustgroßen Bällen zerknüllt, lagen auf dem Boden; einen Teppich gab es nicht. In der Ecke mit dem Lehnsessel aus Kunstleder, der Ecke ihres Vaters, standen Teller mit Zigarettenstummeln, halbvolle Kaffeetassen und leere Bierdosen in wildem Durcheinander.

Retta erkannte, daß das Haus dringend geputzt werden mußte. Doch sie wußte nicht, wo sie anfangen sollte. „Wir brauchen einen Staubsauger!" sagte sie plötzlich, und gleich ging es ihr wieder besser. Sie setzte sich im Schneidersitz auf den Boden und begann die Zeitungen durchzublättern.

„Was machen wir heute?" fragte Roy. Er stand auf der Türschwelle zur Küche. Roy war froh, weil Retta nichts mehr von der Diät erwähnt hatte. Sie hatte ihm sogar sein Lieblingsessen, Erdnußbuttertoast, zum Frühstück gemacht. Er zog seine Jeans hoch und kam ins Zimmer.

„Ich will mal sehen, was so geboten wird", sagte Retta und hörte auf zu blättern, um ihr Horoskop zu lesen.

„Baden können wir heute nicht gehen, weil's regnet."

„Das weiß ich."

„Was tun wir dann?" Roy vergaß seine Erleichterung über die vergessene Diät und quengelte laut: „Mir ist langweilig!"

„Ich sage dir, was du tun wirst, wenn du nicht aufhörst. Du wirst Paps aufwecken, und das wird dir dann sehr leid tun!"

„Aber was machen wir denn bloß?" flüsterte Roy.

„Vielleicht gehen wir zum Tischtennisspielen. Ist Johnny schon aufgestanden?"

„Wir brauchen einen Staubsauger!" sagte Retta entschlossen.

„Ich wecke ihn."

Roy weckte furchtbar gern Leute auf. Er hatte dabei seine eigene Methode, die er für freundlich und rücksichtsvoll hielt. Er blies die Leute einfach an, bis sie die Augen öffneten. Jetzt rannte er aus dem Wohnzimmer. Der Stoff seiner Jeans wetzte beim Laufen aneinander.

Er ging ins Zimmer, das er mit seinem Bruder teilte, und lehnte sich mit den Ellbogen auf das Bett, das unter seinem Druck nachgab.

Johnny bewegte sich gereizt. „Verschwinde und laß mich in Ruhe!" sagte er, ohne die Augen zu öffnen.

„Ich bin's, Roy."

„Ich weiß, daß du es bist, Erdnußbutterbrot!" knurrte Johnny. Er drehte sich um. „Jetzt verschwinde gefälligst von meinem Bett!"

„Es ist auch mein Bett!"

Roy zögerte. Enttäuscht starrte er auf Johnnys Rücken. Ein Luftzug kam durchs Fenster, und Roy warf einen Blick auf die geblähten Vorhänge. Ein schwerer, süßer Geruch erfüllte den Raum.

Die Wunderpflanze! dachte Roy, und die Falte auf seiner Stirn glättete sich. Ein leichtes Lächeln erschien auf seinem Gesicht.

Für Roy war die Wunderpflanze der tollste Strauch der Welt. Eine Pflanze, die einen so starken, wunderbaren Duft ausströmen konnte, einen Geruch, den Roy für orientalisch hielt, mußte einfach Blätter so groß wie Bettlaken und Blüten wie Trompeten haben. Keiner hatte

Roy je erklärt, daß der Geruch aus einer chemischen Fabrik kam. Wenn der Wind aus Südwesten wehte, trug er den Geruch der Chemikalien mit sich. Aber Roy mochte diesen Geruch, der für ihn wie der schönste Blumenduft war.

Roys Sehnsucht war es, diese Pflanze zu finden, an ihrem Stamm hochzuklettern, die Blätter hinunterzugleiten und sie dann später zu zeichnen, wenn er ein Blatt Papier fand, das groß genug dafür war.

Sein Blick fiel wieder auf Johnny. Er sagte: „Willst du mal die Wunderpflanze riechen? Mach die Augen auf, dann kannst du's.“ Er sprach im gleichen Ton wie im Kindergarten, wenn Fräulein Elisabeth sagte: „Jetzt reden wir aber in Zimmerlautstärke, Kinder!“

Johnny zog die Bettdecke über den Kopf. Er warf sich herum und krümmte sich vor Gereiztheit.

Auch Roy war gereizt. Jetzt versuchte er es nicht länger auf die sanfte Art. Er sagte: „Steh jetzt auf, wenn du mit Retta und mir weggehen willst!“ Und er richtete sich auf und wartete, die Hände in die Hüften gestützt.

„Wohin geht ihr?“ fragte Johnny, ohne die Bettdecke zurückzuschlagen.

„Wir spielen Tischtennis bei Smith.“

„Na, dann geht nur.“

„Also gut, wir gehen.“ Roy begann aus dem Zimmer zu gehen. „Aber ich bin nicht schuld, wenn du dich langweilst, während wir uns einen schönen Tag machen.“

„Hau ab!“

„Ich gehe schon. Ich möchte nur nicht schuld sein, wenn..."

„Verschwinde endlich!"

Roy war unzufrieden. Nicht einmal der geheimnisvolle Duft der Wunderpflanze konnte ihn beruhigen. „Er will nicht aufstehen", berichtete er seiner Schwester von der Türschwelle aus und sah sie erwartungsvoll an.

Retta war immer seine Tagesmutter gewesen. Sogar als seine richtige Mutter noch lebte, hatte sich Retta um ihn gekümmert. Er bewunderte sie am meisten, wenn sie sich so benahm wie die Mütter, die man in Supermärkten sieht. Mütter, die ihre Kinder schütteln und Dinge zu ihnen sagen wie: „Wenn du die Dosen noch mal anfaßt, zieh ich dir die Hammelbeine lang!" Das war echte Mütterlichkeit!

Jetzt wollte er, daß Retta ihre mütterlichen Fähigkeiten einsetzte. Er wollte, daß sie Johnny am Ohr aus dem Bett zog und sagte: „Du spielst jetzt Tischtennis, oder ich zieh dir die Hammelbeine lang!"

Retta blieb auf dem Boden sitzen. Sie begann einen Gutschein aus der Zeitung zu reißen. „Im Einkaufszentrum ist ein Karussell aufgebaut worden." Sie schwenkte den Gutschein durch die Luft. „Damit und mit einem Kassenzettel vom Kaufhaus kann man kostenlos fahren."

„Aber haben wir denn einen Kassenzettel?" Roy tat zwei Schritte in ihre Richtung.

„Wir ziehen einfach einen aus dem Abfalleimer, wenn's sein muß."

Roy wurde ganz aufgeregt. „Du, wir erzählen Johnny

nichts davon, ja? Und wenn wir wieder nach Hause kommen, kannst du sagen: ‚Hör mal, du wolltest ja nicht aufstehen, als Roy dich geweckt hat', und er wird sagen: ‚Ich hab ja nichts vom Karussell gewußt', und du kannst sagen…"

„Komm jetzt. Es regnet fast nicht mehr."

Sie öffneten die Verandatür und blieben auf der Schwelle stehen. Roy atmete tief ein. „Ich rieche die Wunderpflanze", sagte er zu Retta. Seine Phantasie gaukelte ihm Bilder von der Pflanze vor, deren trompetengleiche Blüten Duft ausbliesen wie Musik. „Kann man zur Wunderpflanze gehen?" fragte er.

„Nein, es ist zu weit."

„Kann man mit dem Bus hinfahren?"

„Ich glaube schon."

„Eines Tages", gelobte er sich selbst, „werde ich hinfahren."

Paps, hör mal zu!

Johnny lag im Bett. Er hörte, wie die Haustür zugeschlagen wurde, und schleuderte die Bettdecke zurück, als wollte er aufspringen und Roy und Retta nachlaufen. Stattdessen blieb er liegen und starrte zur Zimmerdecke.

Er war voller Groll gegen die beiden, weil sie ohne ihn weggegangen waren. Obwohl er gesagt hatte, er wolle nicht mitkommen, hätten sie ihn doch bitten müssen. Der Gedanke, daß er sie noch einholen konnte, wenn er sich beeilte, machte ihn nur noch wütender.

Langsam stand er auf und ging ins Wohnzimmer. Da sah er, daß Retta und Roy auf der Veranda standen und warteten.

„Ich dachte, ihr wärt gegangen", sagte er und verzog den Mund zu einem spöttischen Grinsen.

Retta drehte sich um. „Der Regen hat aufgehört. Möchtest du mit uns zum Einkaufszentrum gehen? Da gibt's jetzt ein Karussell."

„Aber wir haben nur einen Gutschein", sagte Roy wichtigtuerisch. „Also kann bloß einer von uns damit fahren, und das bin ich, stimmt's, Retta?"

„Wir könnten noch einen Gutschein kriegen, wenn..."

„Nur kleine Kinder fahren mit dem Karussell", sagte Johnny.

Roy blieb der Mund offenstehen. Die Beleidigung hatte gesessen. Er wandte sich an Retta. „Das stimmt nicht, oder? Er sagt das bloß, weil er keinen Gutschein hat?"

Johnny ging in die Küche. Er war ziemlich sicher, daß ihm Roy durch die Glastür eine Grimasse schnitt, aber er drehte sich nicht um.

„Wir kommen bald wieder!" rief Retta.

„Meinetwegen kommt nie zurück!" brummte Johnny. Er öffnete die Kühlschranktür, nahm die Milch heraus und trank sie direkt aus dem Pappbecher, was Retta ihnen nie erlaubte. Dann ging er ins Zimmer seines Vaters.

Er sah auf seinen Vater nieder. Shorty Anderson lag in der Unterwäsche auf dem Bett. Ein schwaches Lächeln umspielte seinen Mund.

„Paps!"

Shorty Anderson rührte sich nicht. Er döste und träumte von dem neuen Lied, das er vor einer Woche geschrieben und aufgenommen hatte. In seinen Wachträumen sang er den Refrain in der Grand Old Opry, der berühmten Country-Oper in Nashville, Tennessee, dem Treffpunkt aller Country-Sänger Amerikas. Es war Shorty Andersons Traum, dort aufzutreten und bejubelt zu werden.

„Paps?"

Shorty Anderson hörte Johnnys Stimme, und die alte Oper von Nashville begann zu verblassen. Er war nicht auf der Bühne in seinem Cowboyanzug aus rotem Samt. Er lag hier in seinem Bett und war müde. Er stieß einen langen Seufzer aus.

„Was ist passiert?“ fragte er, ohne die Augen zu öffnen.

Für gewöhnlich neckte er seine Kinder, wenn sie in sein Zimmer kamen, indem er so tat, als würde er ihre Stimmen verwechseln. Roy regte sich meistens so auf, wenn seine Stimme für die von Retta gehalten wurde, daß er die Augen seines Vaters gewaltsam öffnete, um ihm zu zeigen, daß er es war. Doch an diesem Morgen war Shorty Anderson nicht zu Späßen aufgelegt.

„Nichts“, sagte Johnny. „Ich wollte nur mal sehen, ob du aufstehst.“

„Es dauert nicht mehr lange.“

Johnny blieb am Bett seines Vaters stehen. „Retta und Roy sind zum Einkaufszentrum gegangen.“

„Wirklich?“ fragte Shorty Anderson zerstreut.

„Ja. Sie wollten mich nicht dabeihaben.“ Trotz Johnnys Anstrengung, seine Stimme unbeteiligt klingen zu lassen, schwang doch ein Zittern des Selbstmitleids darin.

„Natürlich wollten sie dich dabeihaben.“

„Wollten sie nicht. Sie hassen mich, und ich hasse sie!“

Des Vaters Augen waren noch immer geschlossen. Er dachte wieder an sein Lied. Er wünschte nichts mehr auf der Welt, als daß eines seiner Lieder auf die Hitliste kam. Bisher war er nur mit einem Schlager erfolgreich gewesen. Er hatte ihn kurz nach dem Tod seiner Frau herausgebracht.

Seine Frau, Mavis Lynn, die Mutter der drei Kinder,

war ebenfalls Sängerin gewesen und bei einem Flugzeugunglück auf dem Weg zu einer Messe in Kentucky ums Leben gekommen. Shorty hatte das Lied in der darauffolgenden Nacht geschrieben, und innerhalb eines Monats war es auf Platz 37 der Country-Hitliste gekommen.

Damals war Shorty Anderson sehr gefragt gewesen. Er hatte sich für seine Auftritte ein Cowboykostüm aus Leder anfertigen lassen. Doch schon einen Monat später war sein Lied wieder von der Hitliste verschwunden, und Shorty trug wieder die roten und rosafarbenen und rostbraunen Anzüge, die ihm besser gefielen. Die Leute erinnerten sich allerdings noch immer an das Lied, und jedesmal, wenn er es irgendwo anstimmte, klatschten sie Beifall.

Johnny bemerkte das schwache Lächeln auf dem Gesicht seines Vaters. Es war das gleiche Lächeln wie vorher, als er ins Zimmer gekommen war.

„Paps?"

„Was ist jetzt los?"

„Du schläfst wieder ein. Du hörst mir nicht mal zu."

„Ich höre zu. Was ist los?"

„Nichts!" Er stampfte heftig aus dem Zimmer.

„Johnny!"

Johnny blieb im Flur stehen. „Was willst du?" fragte er mit niedergeschlagener Stimme. Er nahm sich nicht die Mühe, sich umzudrehen.

„Ist Kaffee da?"

„Retta hat ihn ausgetrunken", sagte Johnny mit harter, anklagender Stimme.

„Würdest du vielleicht frischen machen?"

Eine lange Pause trat ein. „Ist gut", sagte Johnny dann und ging mit hängenden Schultern in die Küche.

Hinter ihm begann Shorty Anderson leise zu singen.

Er setzte sich auf und schwang die Füße über die Bettkante. Sie reichten gerade bis zum Boden. „He, Johnny! Mach mir bitte auch gleich einen Toast, wenn du schon dabei bist."

In der Küche sanken Johnnys Schultern noch weiter nach vorn. Mit herabgezogenen Mundwinkeln griff er nach dem Pulverkaffee.

Retta haßt Spaghetti

Roy saß am Küchentisch und formte Figuren aus Fertigteig. Er knetete schon so lange an ihnen herum, daß sie ziemlich grau aussahen. Jetzt rollte er ein Stück Teig zwischen beiden Händen.

„Dieser Hund kriegt einen Schwanz, der wird so lang, daß ihr's nicht glauben werdet!"

Der Teig hing zwischen seinen Händen hervor und schwang hin und her.

„Mach bloß nicht zu komische Sachen daraus, sonst ißt Paps das Gebäck nicht!" Retta warf ihm einen Blick zu.

„Roy, hast du dir vorher die Hände gewaschen?"

„Ja, ich hab mir vorher die Hände gewaschen!" sagte er, ahmte den Ton ihrer Stimme nach und wiegte dabei den Kopf von einer Seite zur anderen. Mit großer Sorgfalt klebte er seinem Hund den Schwanz an und drehte ihn nach oben. Als der Hund so war, wie er ihn haben wollte, wischte sich Roy die Hände stolz an seinem Hemd ab.

„Ich esse den Hund", sagte er.

Er sah noch immer mit liebevollem, begeistertem Lächeln auf seinen Teighund, als Johnny in die Küche kam.

„Willst du mal sehen, was ich mache?" fragte Roy.

„Nein."

„Ich mache Teigfiguren."

„Davon esse ich nichts. Sie sind dreckig." Johnny ging zum Herd, wo Retta stand. „Was gibt's zum Essen?"

„Spaghetti."

„Nennst du das, was du da machst, Spaghetti?" fragte Johnny. „Das ist doch nichts als Tomatensuppe, die über Nudeln gegossen wird. Richtige Spaghetti macht man mit Fleisch und Zwiebeln und vielen Gewürzen."

Retta war nie verletzt, wenn man etwas an ihren Kochkünsten aussetzte, denn sie selbst war immer zufrieden mit dem Ergebnis. Sie holte sich ihre Anregungen aus Zeitschriften und der Fernsehwerbung.

„Wo bist du gewesen?" fragte Retta. Sie kostete einen Schluck Suppe, um den Geschmack zu prüfen, und wandte sich dann an Johnny. „Wir sind zurückgekommen, um dich zu holen, und du warst nicht da. Wir haben nämlich noch einen Gutschein gefunden, und…"

„…und", fiel Roy ein, der den wichtigen Teil der Geschichte selbst erzählen wollte, „nachdem du nicht da warst, durfte ich noch mal fahren." Glücklich streichelte er seinen Teighund.

„Ich bin weggegangen", sagte Johnny gleichmütig.

„Als ich das erste Mal mit dem Karussell gefahren bin, hab ich auf einer Giraffe gesessen", erzählte Roy. „Und als ich deinen Gutschein bekam, war's ein Elefant."

Johnny blieb neben Retta stehen. Er wollte, daß sie ihn genau fragte, wo er gewesen wäre. Er war begierig darauf, es ihr zu erzählen.

Sie sah an ihm vorbei. „Sind die Teigfiguren fertig für den Ofen?" sagte sie zu Roy. „Hast du jetzt jede einzelne so schmutzig wie möglich gemacht?"

„Willst du wissen, wo ich gewesen bin?" fragte Johnny.

„Sie sind nicht schmutzig!" verteidigte sich Roy und streichelte jede einzelne Figur noch einmal.

„Sind sie schon. Sie sind grau."

„Das ist doch genau die Farbe, die sie haben müssen, nicht, ihr?" Und er beugte sich über sein Werk.

Retta sagte: „Wenn du jetzt auch noch anfängst, sie zu küssen, ißt sie keiner mehr."

„Ich wollte sie nicht küssen", schwindelte Roy.

In der Pause, die nun folgte, sagte Johnny: „Falls es irgend jemanden interessiert, was ich heute nachmittag getan habe: Ich war im Park und hab einem Jungen geholfen, Raketen abzuschießen."

Roy sah auf. Sein Mund stand offen. Er mochte es nicht, wenn Retta oder Johnny etwas ohne ihn unternahmen.

„Und er bastelt auch selbst Modellflugzeuge und läßt sie fliegen."

Roy war plötzlich so eifersüchtig auf Johnnys Nachmittag, daß er sich auf den Ellbogen stützte und dabei eine seiner Teigfiguren plattdrückte, ohne es zu merken.

„Er läßt seine Flugzeuge mit..." Johnny stockte, um seinen nächsten Worten besondere Bedeutung zu verleihen. „Er läßt sie mit Fernsteuerung fliegen!" Jetzt hatte er Rettas und Roys volle Aufmerksamkeit. Es war der befriedigendste Augenblick seit langer Zeit.

„Und wenn ich mich nächstes Mal mit ihm treffe, zeigt er mir, wie man so eine Fernsteuerung bedient."

„Johnny!" jammerte Roy. „Warum hast du mich nicht mitgenommen?"

Johnny zuckte mit den Schultern. Er lächelte leicht und ging zur Tür. Sogar sein Gang war plötzlich verändert und voller Wichtigkeit.

Roy hatte sich auf den Küchenstuhl gekniet, damit er seine Teigfiguren besser formen konnte. Jetzt kletterte er eilig auf den Boden. „Nächstes Mal darf ich mitkommen, Johnny, ja?" Er folgte seinem Bruder zur Tür. „Du zeigst mir die Flugzeuge und die Raketen, tust du das?"

„Roy!" Rettas Stimme war plötzlich scharf. „Ich dachte, du wolltest zusehen, wie deine Teigfiguren gebacken werden."

Roy blieb auf der Türschwelle stehen und sah unschlüssig zurück. Retta schob das Blech mit dem Teig ins Backrohr. Eigentlich hatte Roy das Gesicht gegen die Sichtscheibe des Backofens drücken und den ganzen Vorgang genau beobachten wollen, doch jetzt änderte er seine Absicht. Der fremde Junge war wichtiger. Er lief hinter Johnny her.

„Roy!“ rief Retta.

„Jetzt nicht!“

Roy folgte Johnny auf die Veranda. Seine aufgeregten Bitten drangen bis in die Küche, wo Retta am Herd stand. „Bitte nimm mich mit, Johnny! Wenn du's tust, bekommst du auch den Teighund mit dem Schwanz.“

Retta schloß die Backofentür mit einem Knall und lehnte sich gegen den Herd. Dann begann sie mit einem Löffel in den Nudeln zu stochern. Das Wasser kochte auf und schäumte über den Rand des Topfes. Retta kam es vor, als würde es auch in ihrem Innern kochen.

Ihr Stimmungswandel hatte sich so plötzlich und unerwartet vollzogen, daß sie es selbst nicht begreifen konnte. Vor einem Augenblick war sie noch glücklich und zufrieden gewesen und hatte gern zugelassen, daß Roy das Hefeteiggebäck verdarb. Jetzt aber fühlte sie sich niedergeschlagen.

Sie schlug mit dem Löffel auf die Nudeln. Ihre schlechte Laune verschlimmerte sich.

Natürlich hatte das nichts damit zu tun, daß Johnny weggegangen war und einen neuen Freund gefunden hatte, sagte sie sich. Es hatte auch nichts damit zu tun, daß Roy draußen auf der Veranda bettelte und bat und Johnny zu einer Art Supermann machte, nur weil er einen Freund mit einem Modellflugzeug hatte. Es war, weil sie nicht richtig beachtet wurde, entschied sie unvermittelt. Keiner in der Familie beachtete sie.

Auf der Veranda gab Roy eines seiner feierlichen Versprechen ab. „Ich tue alles auf der Welt, wenn du mich mitnimmst!"

Retta hob einen Löffel voll Nudeln und ließ sie wieder ins Wasser fallen, ohne zu merken, daß sie gar waren. Es war lange her, daß Roy sie um etwas anderes als um Essen gebeten hatte.

Shorty Anderson kam mit ein paar Tanzschritten in die Küche. Mit seinen hochhackigen Stiefeln war er fünf Zentimeter größer als seine Tochter, ohne die Absätze etwas kleiner.

„Essen fertig, Spätzchen?"

„Beinahe", sagte sie mit unglücklicher Stimme.

„Mmmm, das sieht aber lecker aus!" Shorty Anderson war abends immer gut aufgelegt, wenn er sich rasiert, geduscht und umgezogen hatte und auf dem Weg zu seiner Arbeit im Country-Club war. Er öffnete die Backofentür und warf einen Blick auf Roys Teigfiguren. „Was sind das da für Dinger?"

„Hefeteiggebäck."

„Mann! Wie viele Väter auf der Welt haben das Glück, Hefeteiggebäck zum Abendessen zu bekommen?" Er tanzte um sie herum.

Retta gab keine Antwort. Mit Geschirrtüchern trug sie den heißen Topf zum Spültisch. Als sie das Wasser abgoß, spritzten ihr ein paar Tropfen siedendheißes Wasser auf die Hand. Sie fühlte die Tränen kommen und schluckte. Ihre Kehle schmerzte.

Shorty Anderson sah ihr über die Schulter. „Ich könnte das alles aufessen!“ sagte er.

„Das sagst du immer...“

„Ich meine es auch so.“

„... und dann ißt du ungefähr drei Bissen und stehst auf und gehst.“

„Ich muß ja, Spätzchen. Kleine Leute können nicht so viel essen wie andere.“

Retta warf die Nudeln heftig in eine Schüssel und goß Tomatensuppe darüber. Angewidert starrte sie auf das Essen.

Shorty beobachtete seine Tochter. Er wußte, daß sie über etwas unglücklich war, genau wie er es am Morgen bei Johnny gewußt hatte. Er mischte sich jedoch nie ein. Immerhin hatte er sich ja bei Johnny nicht eingemischt, und jetzt, nur acht Stunden später, stand er quietschvergnügt auf der Veranda, und seine Probleme waren gelöst. Und außerdem – wenn er Retta gefragt hätte, was ihr fehle, hätte sie es ihm vielleicht erzählt...

„Gib mir eine Riesenportion davon“, sagte er und umarmte sie. „Auch wenn ich nicht alles essen kann, tut's mir doch gut, so viel zu bekommen.“

Er saß am Tisch und begann Papierservietten über

seinen roten Cowboyanzug zu verteilen, um keine Flecke darauf zu machen. Er nahm acht Servietten. Wenn er nur sieben benutzte, kleckerte er bestimmt auf die unbedeckte Stelle, das wußte er aus Erfahrung.

„Jungs!“ rief er munter. „Die Suppe ist auf dem Tisch!“

Retta knallte die Schüssel auf den Tisch. Die Nudeln zitterten. „Es ist keine Suppe!“ sagte sie. Die Tränen stiegen von ihrer Kehle in ihre Augen. „Es sind Spaghetti!“

Shorty Anderson sah überrascht auf. „Das weiß ich, Spätzchen.“ Er begann Essen auf seinen Teller zu häufen

„Es ist keine Suppe!“ sagte Retta. „Es sind Spaghetti!“

und nahm sich mehr, als er eigentlich wollte. „Mmmmm!" sagte er, als ihm der Dampf ins Gesicht stieg.

„Und außerdem brauche ich siebzehn Dollar!" sagte Retta und beugte sich zu ihrem Vater über den Tisch.

„Meinetwegen, Spätzchen, die kannst du haben. Ich kriege morgen meinen Lohn."

Daraufhin brach Retta in Tränen aus; sie lief aus der Küche in ihr Zimmer und schlug die Tür hinter sich zu. Die Tür schnappte jedoch nicht ein, sie öffnete sich wieder und stieß krachend gegen die Wand.

Durch die geöffnete Tür hörte sie ihren Vater sagen. „Eßt eure Teller leer, Jungs. Retta ist heute abend ein bißchen empfindlich."

Als Retta diesmal die Tür zuschlug, fiel sie ins Schloß.

Jemand beobachtet uns!

„Jemand beobachtet uns", sagte Johnny mit leiser Stimme.

Es war am nächsten Abend. Die Geschwister Anderson waren wieder in Oberst Roberts' Swimming-pool. Sie trieben auf den Schwimmschläuchen im Wasser, die Retta besorgt hatte, und hielten einander fest, so daß sie mitten im Schwimmbecken eine Art dreiblättriges Kleeblatt bildeten.

„Ist das nicht prima?“ hatte Retta gesagt, als sie ins Wasser gingen. „Gefallen euch die Schläuche?“ Sie versuchte an diesem Abend besonders fröhlich und aufgekratzt zu sein, um zu verbergen, daß sie sich elend fühlte. Sie wollte auch, daß dieser Abend ein richtiger Erfolg wurde, weil Johnny eigentlich keine Lust gehabt hatte, mitzukommen. „Macht es dir Spaß, Johnny?“ hatte sie gefragt.

„Es geht“, hatte Johnny erwidert. Es machte ihm wirklich Spaß, aber er wollte nicht, daß Retta das wußte. Zum erstenmal in seinem Leben fühlte er sich seiner Schwester überlegen. Er hatte sich bereit erklärt, mitzukommen – so sah er die Sache.

Er würde bestimmt nicht auf und nieder hüpfen wie Roy und schreien: „Schwimmschläuche! Schwimmschläuche!“ Immerhin waren die Schwimmschläuche ja nichts anderes als das Innere von alten Autoreifen.

„Gefällt dir dein Schlauch?“ hatte Retta gefragt.

„Er ist schon in Ordnung.“

Johnny konnte es kaum glauben, daß allein die Tatsache, einen Freund gefunden zu haben, sein Leben derart verändern konnte – noch dazu es ein so beeindruckender Freund war, der Raketen und Flugzeuge basteln konnte.

Johnny war sieben Jahre alt gewesen, als seine Mutter starb, und er hatte sie mehr vermißt als die Geschwister. Oft war er in ihren Kleiderschrank gestiegen und hatte stundenlang zusammengekauert zwischen ihren hochhakkigen Stiefeln gehockt, das Gesicht in den Falten ihrer

Kleider vergraben. Und er hatte sich die Tränen an ihren Röcken abgetrocknet, ehe er wieder aus dem Schrank kroch.

Nach diesen schrecklichen Wochen hatte er sich an die einzige Person gehalten, die da war – Retta. Er hatte sich so fest an sie geklammert wie ein Ertrinkender im Sturm. Doch jetzt kam es ihm vor, als wäre der Sturm vorüber. Er hatte das Gefühl, in eine Welt hinauszutreten, die ihn willkommen hieß.

Während er noch seinen Schwimmschlauch und diese neue Sicherheit genoß, hatte er die Gestalt bei der Garage bemerkt. Mit den Worten *„Jemand beobachtet uns“* verschwand das gute Gefühl. Er war wieder ein magerer Junge mit einem geflickten Schlauch, der verbotenerweise in einem fremden Swimming-pool badete.

„Wo?“ fragte Retta. Sie sah sofort zu den dunklen Fenstern des Hauses auf. „Ich sehe niemanden.“

„Nicht da. Dort!“ Johnny deutete mit tropfendem Arm auf die Garage.

„Ich sehe noch immer keinen“, sagte Retta.

Über der Garagentür brannte eine Lampe und warf ihren bleichen Lichtschein über die Auffahrt und das Gebüsch. Motten, vom Licht angelockt, flatterten um die Glühbirne.

„Vor einer Minute war noch jemand da“, sagte Johnny. „Ich hab ihn gesehen.“

„Gehen wir heim!“ jammerte Roy. Bis jetzt hatte er nie daran gedacht, daß jemand sie beobachten könnte. Doch jetzt war ihm plötzlich furchtbar unheimlich zumute.

„Ach, Johnny bildet sich nur etwas ein“, sagte Retta. „Wir schwimmen noch mal in den Schläuchen herum, ja? Und diesmal...“

Sie brach ab, denn jetzt sah auch sie die Gestalt, die sich hinter dem Gebüsch bewegte. Retta hielt mitten in der Bewegung inne. Ihre langen Beine sanken wie Gewichte nach unten.

Sie hatte schon fast erwartet, daß der Oberst eines Abends im Badezeug aus dem Haus kommen würde. Für diesen Fall war sie darauf vorbereitet, ihre Brüder zur Leiter zu treiben, in Sekundenschnelle mit ihnen aus dem Schwimmbecken zu klettern und über den Rasen davonzulaufen.

Doch auf diese fremde Gestalt hinter den Büschen war sie nicht vorbereitet gewesen.

„Ja, ich sehe ihn“, sagte Retta mit leiser Stimme.

Roy zappelte in seinem Schlauch. „Wo?“ Sein rundes Gesicht war angstverzerrt.

„Jetzt ist er verschwunden.“

„Wo ist er? Ich will ihn sehen!“

Retta machte kehrt und begann zum Rand des Beckens zu schwimmen. „Ich sehe mal nach, wer es ist“, sagte sie.

„Retta!“ Roy wollte nach ihr greifen, faßte aber ins Wasser. Er stieß verzweifelt mit den Füßen und versuchte ihr zu folgen, kam jedoch nicht von der Stelle.

„Ich komme mit“, sagte Johnny.

Jetzt versuchte Roy Johnny festzuhalten, doch auch

Johnny war schon außer Reichweite. „Wartet auf mich!" kreischte er.

Retta war schon bei der Leiter. Sie zog sich hoch, ließ ihren Schlauch fallen und bewegte sich auf die Garage zu. Johnny erreichte die Leiter ebenfalls. Roy zappelte immer ärger, um ihnen nachzukommen.

Retta und Johnny liefen über den Rasen. Bei der Garage blieben sie stehen und sahen sich ängstlich um. Dann wechselten sie einen Blick.

Roy kämpfte mit dem Wasser und dem Schlauch. Endlich erreichte er den Rand des Beckens. Er schnellte wie eine Robbe über den Rand.

„Ich möchte nach Hause!" schrie er und rannte triefend über den Rasen.

„Sei still! Willst du den Oberst aufwecken?"

Roy fürchtete sich weniger vor dem Oberst als vor dem Unbekannten. „Ist mir egal. Ich will heim!"

„Na ja, gut", sagte Retta. „Wahrscheinlich ist derjenige, der uns nachspioniert hat, sowieso verschwunden." Jetzt, wo sie im Licht der Garage stand, wollte sie den Beobachter nicht mehr verfolgen. Auch sie wollte nach Hause.

„Ich gehe zurück und nehme die Schläuche mit. Ihr beide holt unsere Kleider", sagte sie.

Sie fror jetzt und zitterte. Während sie zum Schwimmbecken zurücklief, spürte sie eine Schwäche in den Knien, die sie bisher nicht gekannt hatte. Sie hob die Schwimmschläuche auf, hielt sie mit beiden Armen umfaßt und rannte ihren Brüdern nach.

Roy und Johnny liefen schon zum Zaun, die Kleidungsstücke an sich gedrückt. Roy warf einen Blick über die Schulter, um sich zu vergewissern, daß nur Retta ihnen folgte.

Roy war immer ein ängstlicher Junge gewesen. Während der schaurigen Stellen in Filmen legte er stets die Hand über die Augen. Er hatte sich auch immer die Ohren zugehalten, wenn Retta Gruselgeschichten erzählte. Jetzt, wo er sich selbst verfolgt fühlte, kam es ihm vor, als bewegte er sich wie in seinen Träumen – so langsam, daß er nicht entkommen konnte.

Wieder warf er einen Blick über die Schulter. Diesmal stolperte er über einen Busch, fiel hin und ließ seine Hose im Dunkeln fallen.

„Retta!" heulte er.

Sie war sofort bei ihm und zerrte ihn mit rascher Bewegung auf die Füße. „Da!" Sie raffte seine Kleidungsstücke an sich. Die Schwimmschläuche hielt sie ungeschickt gegen ihre Hüfte gepreßt und zog Roy zum Zaun. Während sie hinüberkletterten, sah Retta zur Garage zurück.

Die Gestalt stand noch dort und beobachtete ihre Flucht.

„Verschwinden wir!" sagte Retta. „Schnell!"

Rettas Traum

„Stör mich jetzt nicht", sagte Retta. Sie tat so, als wollte sie fernsehen.

„Aber ich will wissen, ob wir wieder zum Schwimmen gehen oder nicht", beharrte Roy. Er war voller Unruhe. Er wollte, daß Retta ihm versprach, daß sie nie, nie wieder zum Schwimmen gehen würden, weil er Angst hatte. Die ganze Nacht lang war er in seinen Träumen gelaufen, ohne irgendwohin zu gelangen.

„Natürlich gehen wir wieder schwimmen. Kein dummer Schnüffler wird uns davon abhalten, etwas zu erleben."

„Aber es gibt Sachen, die man gar nicht erleben will!" sagte Roy ernsthaft. Er dachte dabei nicht nur an den gestrigen Abend, sondern auch an eine lange, schlimme Geschichte, die ein Junge im Kindergarten erzählt hatte, als ihm die Mandeln herausgenommen worden waren.

„Also hör mal", sagte Retta und straffte die Schultern. „Ich werde nicht zulassen, daß wir unwissend und ungebildet aufwachsen."

„Ich weiß schon."

Roy seufzte. Retta war bereits jetzt eine strengere Erzieherin als Fräulein Elisabeth. Einmal hatte Retta ihm eine Ohrfeige gegeben, als er eine Geschichte laut vorgelesen und dabei ein Wort dreimal falsch ausgesprochen hatte. Das Schlimmste, was Fräulein Elisabeth je tat, war, einen am Arm zu schütteln.

„Aber warum müssen wir denn unbedingt wieder zum Schwimmen gehen?“ fragte er. Die Vorstellung, in das kalte, dunkle Wasser steigen zu müssen, während Fremde sie aus dem Gebüsch beobachteten, ließ seine Stimme zittern. Er blinzelte, um die Tränen zurückzudrängen.

Retta warf ihm einen ernsten Blick zu. „Hör mal, Roy, ich dachte, es macht euch Spaß. Hier in der Nähe gibt es kein Schwimmbad, wo wir hingehen könnten!“

„Ich weiß schon.“

Sie sah Roy so streng an, daß er sogar vorübergehend seine Angst vergaß. „In einem schönen Swimming-pool zu baden, zum Beispiel – das ist wichtig. Stell dir mal vor, du wirst zu einem Fest an einem Swimming-pool eingeladen, wenn du erwachsen bist. Dann willst du doch wissen, wie du dich benehmen mußt, oder?“

„Ja.“ Roy holte tief Atem. Er sah sich selbst als erwachsenen Mann, der in einem schwarzen Schwimmreifen durch das Wasser eines Beckens schwamm, während die Zuschauer seine Bewegungen bewunderten. Der mürrische Ausdruck auf seinem Gesicht verschwand.

„Und wenn wir mal erwachsen und angesehen sind“, sagte Retta, und ihre Stimme wurde weich, denn das war einer ihrer Träume, „wenn wir erwachsen sind und eigene Schwimmbecken und schöne Häuser und Autos haben, was tun wir dann?"

Roy versuchte sich zu erinnern.

„Dann teilen wir alles mit anderen!" Er nickte und stellte sich vor, wie er aus einem Fenster seiner Villa sah, während unten in seinem Swimming-pool arme Kinder badeten. Es war ein schönes Bild. Er sagte mit großem Ernst: „Retta, jeder, der bei mir schwimmen will, darf kommen."

Retta lächelte, und Roy fuhr ermutigt fort: „Es ist mir ganz egal, wie viele Kinder in meinem Schwimmbecken baden. Auch wenn's so viele sind, daß das Wasser überläuft, macht es mir nichts aus." Er gab ein feierliches Versprechen ab: „Jedes Kind auf der Welt kann in meinem Schwimmbecken baden, ohne daß ich auch nur ein Sterbenswort sage."

Er schwieg, überwältigt vom Ausmaß seiner eigenen Großzügigkeit. In seiner Phantasie sprangen Kinder aus allen Ländern in seinen Swimming-pool. Das Wasser stieg. Mehr Kinder erschienen, manche in ihrer Landestracht. Auch sie sprangen ins Schwimmbecken. Das Wasser überflutete seinen Rasen. Doch vom Fenster aus lächelte er, Roy, voller Wohlwollen. Er begrüßte die Kinder mit einer Handbewegung wie der Papst im Fernsehen. „Springt nur hinein, Kinder!" rief er begeistert.

„Ich gehe weg", sagte Johnny in diesem Augenblick. Er ging zwischen Retta und Roy durchs Zimmer. Er hätte auch durch die Hintertür verschwinden können, doch er wollte sicher sein, daß sie ihn sahen.

Roy hörte auf zu lächeln. „Wohin gehst du?" fragte er

und machte einen Schritt auf Johnny zu.

„Ich treffe mich mit einem Freund."

„Der mit den Flugzeugen und Raketen?"

„Genau."

„Johnny, kann ich mitkommen?"

„Nein."

Roy überlegte. Dann sagte er schnell: „Ich glaube, du hast gar keinen Freund!"

Dieser Trick wirkte bei ihm selbst immer. Wenn jemand zu Roy gesagt hätte: „Ich glaube nicht, daß du einen Freund hast", hätte er erwidert: „Hab ich schon, ich zeig' ihn dir!" Doch er merkte sofort, daß es bei Johnny nicht wirkte.

Johnny setzte sich aufs Sofa und begann seine Schuhbänder zu binden. „Ist mir egal, ob du's glaubst oder nicht." Er stand wieder auf, reckte sich und ging zur Tür.

„Warum kann ich nicht mitkommen?" bat Roy und folgte seinem Bruder.

„Darum."

„Warum?"

„Willst du's wirklich wissen? Na gut. Du kannst erstens nicht mitkommen, weil du eine Landplage bist. Zweitens, weil du einem mit deiner Quengelei auf die Nerven fällst. Drittens, weil dein Atem nach Erdnußbutter riecht. Viertens, weil du alles anfaßt. Fünftens, weil du dich dumm aufführst."

„Sag mir den wirklichen Grund, warum du mich nicht mitnehmen willst!" beharrte Roy.

Johnny stieß ein angewidertes Schnauben aus und wandte sich ab. An der Tür blieb er stehen. Er sah zu Roy zurück. Dann warf er einen Blick auf Retta, die auf dem Sofa saß.

„Also, meinetwegen", sagte er. „Du kannst mitkommen, wenn du unbedingt willst."

„Ich? Ich kann mitkommen?"

„Ja, wenn du dich zurückhältst und die Finger von Arthurs Sachen läßt und keine Landplage bist."

„Ich versprech's. Alles!"

Sie gingen aus der Tür, ohne sich nach Retta umzusehen. Retta saß unbeweglich da. Sie konnte die Aufregung förmlich spüren, die die beiden verband und sie ausschloß. Sie wandte sich wieder dem Fernseher zu.

Auf der Veranda sagte Roy: „Ich werde mich so prima benehmen, daß du mich nicht wiedererkennst."

„Ich kenne dich schon nicht wieder, wenn du mal nicht ganz so dumm bist wie sonst. Beeil dich jetzt, ich hab keine Lust, auf dich zu warten."

„Ich komme dir schon nach, Johnny, keine Angst. Schau, wie schnell ich gehe!" Roy rannte die Stufen hinunter.

Retta seufzte. Im Fernsehen hatte eine Frau gerade einen Pelzmantel und eine Reise nach Mexiko gewonnen und hopste in dem riesigen Mantel auf und ab.

Plötzlich stand Retta auf. Sie stellte den Fernseher ab und ging zur Tür. Ihre Brüder waren bereits am Ende der Straße und bogen gerade um die Ecke. Dann verschwanden sie aus ihrem Blickfeld.

Retta trat auf die Veranda. Langsam ging sie die Stufen hinunter, als hätte sie kein bestimmtes Ziel. Doch am Fuß der Treppe wandte sie sich nach rechts und begann den Hügel hinunterzugehen, hinter ihren Brüdern her.

An der Ecke blieb sie stehen. Roy und Johnny überquerten gerade die Straße. Langsam und in großem Abstand folgte ihnen Retta.

Johnny und Roy verschwinden

Shorty Anderson saß in seiner Ecke im Wohnzimmer, ein Bein über der Armlehne des Sessels. Er war aufgestanden, nachdem Retta und die Jungen das Haus verlassen hatten. Nun arbeitete er mit seiner Gitarre an einem neuen Lied. Sein Fuß klopfte den Rhythmus mit.

Die Einfälle für neue Lieder kamen ihm in diesen Tagen rascher, als er sie niederschreiben konnte. Dieser Song, so hoffte er, würde ein großer Erfolg werden.

Er saß über seine Gitarre gebeugt, zupfte an einer Saite und sang vor sich hin. Dann stockte er und sah zur Zimmerdecke hoch. Wieder zupfte er an der Saite.

Er brach ab, als Retta ins Haus kam. Er warf ihr seinen „Jetzt-komponiere-ich-Blick“ zu. Sie blieb auf der Türschwelle stehen und beobachtete ihn. Ihr Gesicht war rot, als hätte sie zu lange in der Sonne gelegen. Sie atmete heftig.

Shorty begann den Refrain in ihre Richtung zu singen, als wäre Retta sein Publikum.

Er grinste Retta an. Sie wandte sich ab und ging zur Küche.

„Wie gefällt's dir?“ fragte Shorty.

„Gut.“

„Möchtest du die zweite Strophe hören?“

Keine Antwort.

Shorty Anderson ließ sich nicht beirren. Er begann wieder zu singen.

Retta setzte sich an den Tisch. Die Küche war groß und die Einrichtung alt. Der Schrank hatte unmoderne Glastüren, hinter denen man das zusammengewürfelte Geschirr sah. Auf dem Tisch lag eine Wachstuchdecke, in die Roy mit der Gabel Löcher gebohrt hatte.

Johnny kam in die Küche. Retta sah auf. Er stolzierte seit neuestem so selbstbewußt herum. Er hatte die Hände in den Hostentaschen und sah absichtlich an Retta vorbei.

Hinter ihm tauchte Roy auf und schwatzte über den Nachmittag. „Ich hab dir das mit dem Flugzeug nicht geglaubt. Ehrlich. Ich hab nicht geglaubt, daß es wirklich stimmt!“ Sein Gesicht war vor Hitze und Begeisterung rot und glänzte im Sonnenlicht, das durchs Fenster schien.

Roy war glücklich. Plötzlich kam ihm das Leben wieder aufregend und interessant vor. „Ich hab's nicht geglaubt“, sagte er zum Kühlschrank und zur Anrichte. Früher hatte

Roy alles für möglich gehalten. Er hatte sich vorgestellt, er könnte einen unterirdischen Gang nach China graben. Er hatte vorgehabt, sich durch Erdschichten zu wühlen und vor einem überraschten Chinesen wieder aufzutauchen. Im Kindergarten hatte er sogar ein Bild davon gemalt, ein Bild von der Welt mit einem Strich genau durch die Mitte – das war sein Tunnel – und einer Blase am Ende, die seinen Kopf darstellte. Er wollte gerade noch den überraschten Chinesen zeichnen, als Fräulein Elisabeth die Blätter einsammelte.

Einmal hatte er auch gedacht, er könnte fliegen. Nicht mit einem Flugzeug wie andere Leute, sondern einfach, indem er mit den Armen flatterte. Da mußte es eine bestimmte Stelle an seinem Körper geben, auf die er nur zu drücken brauchte, und dann konnte er sich so leicht wie ein Vogel in die Luft erheben. Sobald er die Stelle gefunden hatte, wollte er zu einem anderen Planeten fliegen.

Doch in letzter Zeit war Roys Welt, die einst so zauberhaft und verwunschen wie ein Märchen gewesen war, durch Regeln und Gesetze eingeschränkt worden.

Der Anblick des gelben Modellflugzeugs hoch am Himmel hatte ihm irgendwie den Glauben an die Möglichkeiten dieser Welt zurückgegeben. Er war vor Freude ganz benommen gewesen, und ihm war schwindlig geworden, weil er dauernd nach oben starrte.

Dabei hatte er sein Versprechen vergessen, sich „prima" zu benehmen. Johnny hatte ihm zweimal befehlen müssen, den Mund zu halten, und ein dutzendmal, ihnen nicht im Wege zu stehen. Trotzdem war der Nachmittag ein voller Erfolg gewesen.

Johnny stolzierte durch die Küche. Er öffnete die Kühlschranktür. Retta beobachtete ihn feindselig. „Iß die hartgekochten Eier nicht!“ fuhr sie ihn an. „Die sind fürs Abendesssen.“

Johnny nahm sich nicht die Mühe, genauer hinzusehen. Er war nicht wirklich hungrig. Er wollte nur in der Küche sein, damit Retta hörte, wie Roy von dem gemeinsamen Nachmittag schwärmte. Sie sollte erfahren, daß der Nachmittag aufregender gewesen war als alles, was sie bisher geplant hatte. Denn er konnte das auch.

Angewidert schlug er die Kühlschranktür zu. Die Flaschen und Gläser klirrten.

„Wir haben nie etwas zu essen im Haus!“ schimpfte er. „Komm mit, Roy.“

„Ja, stimmt, wir haben nie etwas zu essen im Haus!“ echote Roy.

Die beiden gingen hinaus und ließen Retta allein zurück. Durchs Fenster hörte sie Roy sagen: „Ehrlich, wirklich, ich hab's dir nicht geglaubt! Toll!“

Retta stützte das Kinn auf die Hände und atmete langsam aus. Sie dachte an den Nachmittag. Er erschien ihr endlos und unwirklich wie ein Fiebertraum.

Sie war ihren Brüdern den ganzen Weg bis zum Park gefolgt, immer in einigem Abstand. Und im Park hatte sie allein unter einem Baum gesessen und den Hügel hinunter auf die Wiese gesehen, wo Johnny und Roy warteten.

„Die hartgekochten Eier sind fürs Abendessen!"
fuhr Retta ihren Bruder an.

Anfangs, als sie die beiden beobachtet hatte, hoffte sie noch, daß Johnnys Freund nicht kommen würde. Sie hoffte sogar, daß es diesen Freund überhaupt nicht gab. Doch dann kam er, ein großer, magerer Junge mit einem gelben Flugzeug. Sie bekam noch schlechtere Laune und begann ihnen Böses zu wünschen. Sie hoffte, das Flugzeug würde nicht starten oder abstürzen und am Boden zerschellen. Sie hatte sich wie eine böse Hexe gefühlt, die plötzlich keine Macht mehr über andere hat. Sie war hilflos.

Als es keinen Zweifel mehr gab, daß das Flugzeug ohne jede Panne flog, war Retta aufgestanden und hatte sich auf den Heimweg gemacht. Auf halber Strecke begann sie zu laufen und stolperte auf dem Bürgersteig, obwohl sie doch jeden Spalt und jeden Vorsprung hier kannte. Sie war ins Haus gekommen, außer Atem und rot vor Erregung, und hatte ihren Vater mit seiner Gitarre vorgefunden. Mit einem hilfesuchenden Blick hatte sie Shorty Anderson in seinem roten Cowboykostüm angesehen. Es kam ihr vor, als hätte ihr Vater ihr ganzes Leben lang, in jedem wichtigen Augenblick, gerade ein Lied komponiert.

Sie war auf der Türschwelle gestanden, und ihr Herz hatte so heftig geschlagen, daß sie die Worte nicht hören konnte, die er sang. Und plötzlich schien es ihr, als sähe sie ihren Vater zum ersten Mal im Leben so, wie er wirklich war: lieb und zärtlich, aber gleichzeitig schwach. Er half ihr nicht.

Mit einem Mal erinnerte sie sich an die Nacht nach dem

Tod der Mutter. Retta war ins Wohnzimmer gegangen, um bei ihrem Vater zu sein. Es war spät gewesen, doch sie konnte nicht schlafen. Sie war so voller Angst und Kummer, daß sie dachte, sie würde nie wieder schlafen können. So war sie zu ihrem Vater gegangen.

„Du kannst hierbleiben", hatte Shorty zu ihr gesagt, „Aber du mußt still sein."

„Ich versprech's."

Es war drei Uhr morgens, und Shorty spielte auf seiner Gitarre. Retta lag auf dem Sofa, den Morgenmantel um ihren mageren Körper gewickelt, und hatte ihren Vater angesehen.

Shorty Anderson war eifrig über sein Instrument gebeugt. Ein Satz drang durch den Nebel ihrer Traurigkeit bis in ihr Bewußtsein vor.

„Schreibst du ein Lied über Mama?"

Er nickte, ohne aufzusehen. Retta wandte den Kopf ab. Das war ihre letzte Erinnerung an diese Nacht. Doch der unausgesprochene, unverarbeitete Schmerz über den Tod ihrer Mutter blieb so lange in ihrer Kehle stecken, daß sie manchmal dachte, sie müßte daran ersticken.

Retta saß am Küchentisch, ohne sich zu bewegen. Sie starrte auf ihre Hände nieder. Jetzt war ihr alles klar. Das Ziel ihres Vaters, ein Star zu werden – zu erreichen, daß seine Stimme die Leute zum Lachen und zum Weinen brachte, daß seine Kleidung Aufsehen erregte und daß die Menschen davon träumten, so zu leben wie er – dieses Ziel war so mächtig, daß alles andere, sogar seine Familie, ihn nur dabei störte.

Wenn ich sterben würde, dachte sie, würde er auch darüber einfach nur ein Lied schreiben. Sie seufzte. In der stillen Küche klang ihr Seufzen nach.

Johnny ist kein Feigling

Die Geschwister Anderson kamen aus dem Gebüsch, langsam und scheu, obwohl sie ihre neuen Badeanzüge trugen. Sie sahen nicht auf das Wasser, das im Mondlicht glitzerte, sondern auf die Büsche und Bäume und die dunklen Schatten, wo sich vielleicht jemand verbarg und sie beobachtete.

„Siehst du jemanden, Retta?“ fragte Roy leise. Er blieb dicht beim Gebüsch stehen. Aus purer Gewohnheit hielt er seine Badehose mit einer Hand fest.

„Nein, ich sehe niemanden“, erwiderte Retta kurz, „weil keiner da ist.“

Es war nicht leicht gewesen, die Brüder dazu zu überreden, heute abend mitzukommen. Roy fürchtete sich und gab es offen zu, doch Johnny behauptete, etwas Besseres vorzuhaben.

„Was denn?“

„Alles mögliche.“

„Ach, ihr beide habt bloß Angst! Ekelhaft ist das!“ Retta

schnitt eine Grimasse.

„Ich werd's dir zeigen, wer Angst hat!" hatte Johnny gerufen. Er hatte die Vordertür aufgerissen und war hinausgegangen.

„Aber vergiß deine Badehose nicht!"

Nun waren sie hier und bewegten sich so langsam, daß sie sich noch immer im Schutz des Gebüschs aufhielten. Retta war ebenso unruhig wie ihre Brüder. Es machte plötzlich keinen Spaß mehr, im Schwimmbecken von Oberst Roberts zu baden. Sie war jedoch entschlossen, sich nicht davon abhalten zu lassen.

Retta warf einen Blick über die Schulter und sah, daß Roy ihr nicht gefolgt war. „Willst du die ganze Nacht da stehen wie ein Denkmal?"

Er schüttelte den Kopf. Seine Augen sahen ängstlich zur Garage. Seine Zehen krallten sich in den Boden, als wollte er sich festklammern.

„Komm jetzt!" zischte Retta durch die Zähne. Ihr Blick wanderte zu Johnny. „Und für einen, der keine Angst hat, bleibst du auch verdächtig nahe beim Gebüsch. Komm endlich!"

Sie musterte ihre Brüder scharf. Zum erstenmal fiel ihr auf, daß die beiden alles andere als sportlich aussahen. Die neuen Badehosen machten alles nur noch schlimmer, fand sie. Johnnys Badehose war zu groß und die von Roy zu klein.

„Wenn ich daran denke, was ich alles getan habe, um eure Badehosen zu besorgen, und jetzt führt ihr euch so auf!"

Retta hatte den ganzen Vormittag damit verbracht, ins Einkaufszentrum zu gehen, die Badeanzüge auszusuchen und wieder nach Hause zu laufen.

„Ich wollte aber eine blaue!“ hatte Roy genörgelt, als sie seine Badehose aus der Tasche zog; und Retta hatte sie ihm so wütend ins Gesicht geschleudert, daß er abwehrend die rundlichen Arme hob.

„Ich weiß gar nicht, warum ich mich überhaupt mit euch herumärgere!“

Sie musterte die beiden mit finsterer Miene. Die Heftigkeit ihres Widerwillens gegen ihre Brüder überraschte sie, denn sie hatte noch nie zuvor jemanden gehaßt. Sie hatte zwar geglaubt, sie hasse ihre Musiklehrerin, die ihren Gesang kritisierte, und zwei Mädchen in ihrer Klasse, die über ihre Kleider flüsterten. Sie dachte auch, sie würde die Nachbarn hassen, die ihre Familie ablehnten. Doch jetzt wußte sie, daß es nur milde Abneigung gewesen war. Das, was sie jetzt empfand, war richtige Wut.

„Meinetwegen, bleibt hier stehen und schlagt Wurzeln, ihr Feiglinge!“ zischte sie. „Ich schwimme jedenfalls.“

Retta schlenderte zum Schwimmbecken, machte große Schritte und schwenkte dabei herausfordernd die Arme. Sie sah sich nicht um, weil sie sicher war, daß Johnny ihr folgen würde.

„Ich werd's dir zeigen, wer ein Feigling ist!“ schrie Johnny plötzlich.

Retta drehte sich um. Johnny kam auf sie zugerannt. Er stürmte so an ihr vorbei, daß sie den Luftzug spürte. Seine dünnen Arme ruderten durch die Luft. Seine Beine wirkten im Mondlicht wie lange, bleiche Stecken.

„Johnny!“ warnte sie, doch er sah sich nicht einmal nach ihr um.

Retta wich zurück. Sie hob die Arme zur Brust und bedeckte das Muster auf ihrem neuen Badeanzug mit den Händen. Ihr Herz klopfte.

Johnny erreichte den Rand des Innenhofes. Er blieb nicht stehen, schnell lief er auf das verbotene Sprungbrett zu. „Nicht einmal ich darf vom Sprungbrett springen“, hatte Retta ihren Brüdern gesagt. „Sogar ich würde dabei Lärm machen und spritzen.“

„Johnny!“ Rettas Stimme wurde lauter vor Besorgnis.

Johnny war jetzt auf dem Sprungbrett. Er lief nach vorn, sprang einmal hoch und schnellte dann in die Luft, indem er seinen Körper zu einem Ball formte.

Als er ins Wasser platschte, war es wie eine Explosion. In der Stille, die darauf folgte, sprühte das Wasser leicht über das Pflaster des Innenhofes.

„Oh, Johnny!“ sagte Retta mit matter Stimme. Sie stand wie versteinert da, die Arme über der Brust gekreuzt. Im Mondlicht war sie sehr blaß.

Einen Augenblick lang herrschte Ruhe. Lichtstreifen zogen sich über den Rasen. Ein Vogel rief.

Dann passierte alles auf einmal. Licht flammte im ersten Stock des Hauses auf, und ein viereckiger Lichtschein beleuchtete das Schwimmbecken. In diesem hellen Viereck tauchte Johnnys Kopf über der Wasseroberfläche auf. Er schwamm in wilder Hast zum Rand.

Jetzt trat der Oberst ans Fenster. Gleich darauf drehte er sich unvermittelt um und verschwand.

Retta lief ein paar Schritte vorwärts. „Johnny!" Sein Kopf erschien über dem Rand des Beckens. Er stemmte sich hoch und fiel flach auf den Bauch. Dann raffte er sich auf und begann zu laufen.

Im Haus gingen die Lichter im Erdgeschoß an. Auch das Licht des Innenhofes wurde eingeschaltet, dann die Lichter am Schwimmbecken. Johnny war voll angestrahlt, als er in seiner neuen, rotgestreiften Badehose auf die Füße sprang.

Er glitt auf dem nassen Pflaster aus, fiel auf die Knie und kam wieder hoch. Von neuem rannte er los, auf das Gebüsch zu.

Die Haustür wurde aufgerissen. Der Oberst stand im Schlafanzug auf der Türschwelle und starrte in den hell erleuchteten Garten. Er hob eine Hand und legte sie schützend über die Augen.

„Wer ist da draußen?" rief er. Seine Stimme hallte durch die stille Nacht. „Was geht hier vor?"

Johnny hatte jetzt den Rasen erreicht und rannte im Zickzack darüber weg wie ein Soldat, der versucht, dem Geschützfeuer zu entkommen. Er lief an Retta vorbei und übersprühte sie mit Wasser.

Retta schrak zusammen und folgte ihm. Sie riß ihre und Roys Kleider an sich und packte Roy am Arm, als sie das Gebüsch erreichte. Dann liefen die drei zum Zaun.

„Halt! Das ist Privatbesitz! Betreten verboten!“ rief der Oberst.

Jetzt kam er mit großen Schritten über den Innenhof. Trotz des Schlafanzuges sah er sehr streng aus.

„Halt, oder ich rufe die Polizei!“

Roy, Johnny und Retta hatten jetzt den Zaun erreicht und kletterten darüber. Selbst Roy mit seinen kurzen Beinen bewegte sich unerwartet flink. Sie sprangen in den Graben und liefen zur Straße. Man hörte nichts als Roys schwere Atemzüge.

„Lauft weiter!“ keuchte Retta.

Sie verteilte die Kleidungsstücke, während sie rannte, gab Roy sein T-Shirt und zog ihre Bluse über den Kopf. Sie hielt kurz inne, um erst ein Bein in ihre Jeans zu stecken, dann das andere.

Neben ihr wollte Roy nicht haltmachen, nicht einmal, um seine Hose anzuziehen. Er hielt sie fest an sich gepreßt.

Endlich erreichten sie das Haus, liefen hinein und schlugen die Tür hinter sich zu. Retta schob den Riegel vor; das hatte sie noch nie getan. Mit zitternden Knien lehnte sie sich gegen die Tür. Das war knapp gewesen!

Dann sah sie Johnny an. Er war aufs Sofa gesunken. Seine Kleider lagen in einem Knäuel auf seinem Schoß. Seine magere Brust hob und senkte sich, während er versuchte, wieder zu Atem zu kommen.

„Warum hast du das getan?“ fragte Retta.

„Ja, Johnny!“ keuchte Roy. „Wir hätten ins Gefängnis kommen können!“

Johnny sah zu ihnen auf. Das Wasser lief ihm aus den tropfnassen Haaren über die Stirn. Er knüllte seine Kleidungsstücke noch fester zusammen und klemmte sie wie einen Fußball unter den Arm.

„Na, wer ist jetzt ein Feigling?“ fragte er zufrieden.

Retta hat Angst

Roy verband Punkte in einem Rätselbuch, das er Johnny zum Geburtstag geschenkt hatte.

„Du verdirbst Johnnys Buch!“ sagte Retta. Sie saß auf dem Sofa und beobachtete ihn kritisch.

„Tu ich nicht.“

Er verband die nächsten beiden Punkte mit besonderer Sorgfalt und richtete sich auf, um sein Werk zu betrachten. Dann nickte er anerkennend.

„Du kannst ja noch nicht mal zählen“, fuhr Retta fort. „Wie willst du dann numerierte Punkte verbinden, wenn du nicht zählen kannst?“

„Das ist zufällig ein Bild von einem Pony, und Ponys kenne ich. Ich bin mal auf einem geritten.“

Roy beugte sich wieder über das Buch. Er verband furchtbar gern Punkte. Er überlegte sogar, ob er nicht Punkteverbinder werden sollte, wenn er erwachsen war.

Die Vorstellung, wie er an einem Schreibtisch saß und Punkte verband, während seine Sekretärin Bleistifte spitzte, gefiel ihm.

„Das ist kein Pony", sagte Retta mit mürrischer Stimme.

Roy hob das Buch und verbarg das halbvollendete Bild, indem er es an seine Brust drückte. „Ist es doch."

„Es ist ein Zebra. Du müßtest eigentlich mit dem Bleistift auf und ab fahren und Streifen machen, statt so außenherum zu kritzeln."

Sie stand auf und ging in die Küche. Als sie verschwunden war, senkte Roy das Buch wieder und sah prüfend auf sein Bild.

„Ich wollte ja Streifen machen!" erklärte er der leeren Türschwelle. „Ich hab bloß die äußeren Punkte zuerst verbunden, so ist das nämlich!"

Retta antwortete nicht.

„Du glaubst, du weißt alles."

Er verband zwei Punkte zwischen dem oberen und dem unteren Teil des Zebras und musterte sein Werk befriedigt.

„Aber du weißt doch nicht alles!"

Er hörte das Geräusch rinnenden Wassers aus der Küche und begann nachdrücklich mit dem Kopf zu nicken. „Du weißt nicht mal, wer uns kürzlich abends nachspioniert hat."

Das Wassergeplätscher verstummte. In der Küche und im Wohnzimmer trat Stille ein.

Nun merkte Roy, was er gesagt hatte. Erschrocken legte er seine dicken Finger an die Lippen. Er sah zu Retta auf, die in der Türöffnung erschien.

„Was hast du gesagt?" fragte sie mit leiser Stimme.

„Nichts."

Retta ging so rasch durchs Zimmer, wie die Mütter im Supermarkt zu ihren Kindern eilen, um sie davon abzuhalten, Pyramiden aus Toilettenpapier umzuwerfen.

„Ich will wissen, was du gesagt hast!"

„Nichts!"

Ihre Finger krallten sich um seinen Arm. Jetzt war sie genau so eine Mutter, wie Roy sie in den Lebensmittelläden bewunderte und zugleich fürchtete. Er merkte auch, daß er selbst sich genau wie die anderen Kinder verhielt. Er versuchte sich loszureißen. „Du tust mir weh!" jammerte er.

„Weißt du, wer uns nachspioniert hat?"

„Au!"

„Roy!"

„Ich kann nicht nachdenken, wenn du meinen Arm so quetschst."

„Also gut." Sie ließ ihn los. „Dein dicker Arm ist frei. Jetzt denk nach."

Roy massierte seinen Arm. Er konnte sich nicht einmal mehr erinnern, was Retta gefragt hatte. Tränen des Selbstmitleids stiegen in seine Augen.

„Weißt du, wer uns nachspioniert hat?" wiederholte Retta mit unnatürlich ruhiger Stimme.

„Ja."

„Wer?"

Auf Roys Haut zeichneten sich noch ihre Fingerabdrükke ab. Er betrachtete seinen Arm genau. „Hier“, sagte er klagend, „wie du mich gedrückt hast!“

„Ich tu's gleich noch mal, wenn du es mir nicht augenblicklich sagst!“ Retta streckte wieder die Hand nach ihm aus.

„Ich sag's ja!“ Er wich zurück. Er hatte Johnny versprochen, Retta nichts zu erzählen. Jetzt wog er Rettas Zorn gegen den von Johnny ab. Der entscheidende Punkt war, daß Retta neben ihm stand und mit Schmerz drohte.

„Es war Arthur“, gestand er rasch.

„Was? Wer ist Arthur?“

„Johnnys Freund – der mit dem Flugzeug.“

„Der hat uns nachspioniert?“

„Ja, aber er hat's nicht aus Gemeinheit getan. Johnny hat das gesagt. Arthur hat uns zufällig abends mit den Schwimmschläuchen auf der Straße gesehen und wollte wissen, wohin wir gehen. Er ist nämlich so wie wir erst vor kurzem hierhergezogen und hat nicht gewußt, wo man hier zum Baden gehen kann. Das war alles. Er und Johnny haben später darüber gelacht. Johnny hat gemeint, ich soll es dir nicht erzählen, damit du dich nicht aufregst.“

„Ach, wirklich?“

Retta war jetzt ganz kühl. Sie kam Roy plötzlich größer vor, eine Erwachsene. Roy sah zu ihr auf. Einen Augenblick zögerte er. Dann sagte er zu seiner eigenen Überraschung: „Und überhaupt, du hast uns ja auch nachspioniert.“

Der Ton, in dem er es sagte, machte es zu einer Anschuldigung. Retta sah erstaunt auf ihn nieder. „Was?"

„Du hast uns auch nachspioniert. Im Park."

„Ich hab nicht spioniert!"

„Johnny hat gesagt, daß du's getan hast. Er hat dich gesehen. Er hat gesagt, du hast unter einem Baum gesessen. Sobald das Flugzeug richtig geflogen ist, bist du aufgestanden und heimgerannt und hast dich an den Tisch gesetzt, damit wir glauben sollten, du wärst die ganze Zeit nicht weggegangen."

Retta richtete sich auf. Sie versuchte sich wieder so stark und erwachsen zu fühlen wie vor einem Augenblick, doch das Zimmer schien plötzlich schief zu stehen, so daß sie aus dem Gleichgewicht gekommen war. „Das war etwas anderes", sagte sie. „Ich mußte wissen, wo ihr wart!"

„Nein." Roy schüttelte heftig den Kopf. „Es war das gleiche."

„Es war etwas anderes", erklärte sie, „weil ich mich um euch kümmern muß. Ich mußte aufpassen, daß euch nichts passiert."

„Du hast spioniert", beharrte Roy.

„Wenn du so dumm bist, daß du den Unterschied zwischen auf jemanden aufpassen und jemandem nachspionieren nicht kennst, dann..., na, dann kann ich dir auch nicht helfen. Du bist einfach dumm."

Sie wandte sich schnell ab und ging in die Küche. Dann erfolgte eine Explosion von Geräuschen. Wasser rauschte ins Abwaschbecken. Töpfe klapperten. Schüsseln wurden auf den Tisch geknallt. Die Kühlschranktür wurde zugeworfen.

„Spionieren ist spionieren“, sagte Roy beharrlich.

Dann wandte er sich wieder dem Buch zu. Mit großer Sorgfalt verband er die Punkte am Schweif des Zebras. Das hatte er sich bis zuletzt aufgehoben, sozusagen als Leckerbissen. Und als zusätzliche persönliche Note zeichnete er noch sieben Haare auf das Ende des Zebraschweifes.

Er war so begeistert von dieser persönlichen Note, daß er am liebsten aus dem Haus gerannt wäre, um seine Zeichnung der ganzen Welt zu zeigen.

Er schüttelte bewundernd den Kopf und sprach dem Bild sein größtes Lob aus. „Dich müßte man in einen Rahmen tun!“ sagte er.

Es kommt Besuch

Retta saß auf den Verandastufen, die Arme um die Knie geschlungen. Langsam hob sie den Kopf und sah auf das Nachbarhaus. Hinter einem der Fenster war ein Gesicht zu sehen, doch nur einen Moment lang. Dann verschwand es. Retta schloß die Augen.

Seit ihre Familie in diese Gegend gezogen war, hatte sie sich ausgeschlossen und einsam gefühlt. In der Nachbar-

Retta beobachtete das Gesicht am Fenster des Nachbarhauses.

schaft wohnten nur ältere Leute. Retta wußte, daß die Nachbarn nicht viel für die Anderson-Familie übrig hatten. Wenn Vater Anderson abends in seinem perlenbestickten Kostüm und seinen hochhackigen Cowboystiefeln das Haus verließ und seinen Kindern von der Veranda aus „Seid brav!" zurief, sah Retta die älteren Frauen vor ihren Häusern beisammenstehen und die Köpfe schütteln. Sie mochten auch Retta und ihre Geschwister nicht; in ihren Augen waren sie Kinder, die wie Hunde herumstreunten.

Wenn wir nur noch da wären, wo wir früher gewohnt haben, dachte Retta. Dort hatten wir Freunde...

„Na, was machst du denn hier so ganz allein?" fragte eine Stimme hinter ihr.

Retta sah über die Schulter auf die Verandatür. „Oh, hallo, Brenda." Brenda war Vaters Freundin.

„Ich bin gerade vorbeigekommen, und Shorty hat mich eingeladen, mit euch zu essen", sagte sie. „Ihr habt doch genug, um mich auch durchzufüttern?"

„Es gibt nur gegrillte Käsetoasts", sagte Retta gleichgültig.

„Oh, dann grille bitte auch zwei für mich. Die mag ich besonders gern."

Brenda trat auf die Veranda und schob die Tür hinter sich zu. Sie setzte sich neben Retta auf die Treppe, streckte ihren linken Fuß aus und zog ihr Hosenbein hoch.

„Sieh dir das an", sagte sie. „Heute abend soll ich im Country-Club einen Holzschuhtanz vorführen, und mein

Knöchel ist geschwollen wie ein Fußball."

„Was ist denn passiert?" fragte Retta. Sie sah noch immer über den Zaun.

„Ich bin mit dem Auto zum Supermarkt gefahren, und da war ein neuer Verkäufer, der mir die Lebensmittel aus dem Laden getragen hat. Er stellte die Tasche auf den Rücksitz, sagte „Auf Wiedersehen, Gnädigste!" und schlug mir die Wagentür direkt auf den Fuß. Mein Fuß stand nämlich heraus, weißt du, wie das so ist, wenn man ins Auto steigt. Ich hätte ihm am liebsten eine geknallt. Schließlich soll ich heute abend tanzen, und dazu braucht man zwei gesunde Füße. Meinst du, daß es jemand merken wird?"

„Nein."

Brenda drehte ihren Fuß nach rechts und sah ihn kritisch von der anderen Seite an. „Wird er auf dieser Seite schon violett, oder bilde ich mir das nur ein?"

„Er ist violett."

„Vielleicht kann ich eine ganz dunkle Strumpfhose tragen."

Brenda zog ihr Hosenbein wieder nach unten. „Auf Wiedersehen, Gnädigste! Päng!" Sie ahmte den Verkäufer perfekt nach. „Und die Einkaufstasche war gar nicht so groß." Sie seufzte. „Der einzige Grund, weshalb er mir helfen wollte, war, weil hinter mir eine Frau mit riesigen Tüten voller Mehl und Kartoffeln kam, und die wollte er nicht tragen." Sie richtete sich auf. „He, wo sind eigentlich die Jungen? Ich möchte sie sehen."

„Ich weiß nicht, wo sie sind."

„Aber zum Abendessen werden sie doch hier sein, oder?“

„Wahrscheinlich schon.“

„Also hör mal, Retta, ich habe immer gedacht, du paßt auf die beiden auf. Ich dachte, du wüßtest immer, wo sie sind.“

„Früher schon. Aber jetzt haben sie einen neuen Freund. Sie sagen mir nicht mehr, wohin sie gehen.“

„Na, das ist aber prima, daß die Jungen einen neuen Freund haben. Ihr müßtet alle drei mehr mit anderen zusammenkommen.“

„Er heißt Arthur.“ Retta betonte den Namen so, daß er möglichst häßlich klang.

„Ich hab auch mal einen Arthur gekannt“, sagte Brenda. „Arthur Gribble hieß er.“

„Hoffentlich war er besser als dieser Arthur.“

„Nein, das war er nicht. Er hat mich immer wieder gefragt, ob ich mit ihm ausgehen will, aber ich mochte nicht, weil er eine Glatze hatte. Damals bin ich ziemlich aufs Äußere gegangen. Also, er war nicht richtig kahl“, gab sie zu, „aber er mußte seine Haare seitlich über dem Ohr scheiteln und sie sich über den Kopf kämmen, um das kahle Stück zu verdecken. Der kleinste Windstoß verdarb seine Frisur.“

Brenda wechselte die Stellung, um auf den Holzstufen etwas bequemer zu sitzen. „Jedenfalls, ich wollte nicht mit ihm ausgehen, aber schließlich fand ich keine Ausrede mehr und sagte: ‚Na gut, hol mich um acht Uhr ab.‘ Ich zog mich also zum Ausgehen an und saß da und wartete, und ob du's glaubst oder nicht, er tauchte nicht auf."

„Aber wenn du sowieso nicht mit ihm weggehen wolltest, warum warst du dann nicht froh, daß er nicht kam?"

„Weil's in solchen Sachen eben nicht so logisch zugeht. Wenn man noch so wenig Lust hat, mit einem Mann wegzugehen, möchte man doch, daß er unbedingt mit einem ausgehen will."

„Das würde ich nicht wollen", sagte Retta.

„Später hab ich Arthur Gribble dann mal auf der Straße getroffen, und er sagte: ‚Kenne ich dich nicht von irgendwo?' Und darauf erwiderte ich: ‚Nein, einen Glatzkopf kenne ich nicht!'" Brenda straffte die Schultern. „Du, dieser Arthur – der neue Freund von Johnny und Roy – ist er nicht nett?"

„Ich weiß nicht. Er hat uns mal nachspioniert, das weiß ich jedenfalls", sagte Retta.

„Er hat euch nachspioniert?"

„Ja, als wir beim Baden waren."

„Wo wart ihr denn beim Baden?"

Retta sah zum hellblauen Sommerhimmel auf. „Oh, irgendwo", sagte sie ausweichend.

„Ach, komm, ich möchte es wirklich wissen. Ich meine, wenn ihr Freunde mit einem Swimming-pool habt, dann sag's mir doch!"

„Ich hab keine Freunde mit einem Swimming-pool."

„Dann können wir uns die Hand geben. Ich auch nicht."

Hinter ihnen öffnete Shorty Anderson die Verandatür. Er trug seinen roten Cowboyanzug, der am Kragen mit weißen Kaktuspflanzen bestickt war. „Unterhaltet ihr euch von Frau zu Frau“, fragte er, „oder darf man mitreden?“

„Ich hab gerade erzählt, daß ich früher mal für schöne Männer geschwärmt habe“, sagte Brenda und lachte, „aber jetzt gehe ich mit jedem häßlichen alten Kauz aus, der mich einlädt.“

„Ich werd's ausrichten“, erwiderte er, „falls ich mal einen häßlichen alten Kauz treffe.“ Er stieß sie leicht an der Schulter an, und sie stand auf und streckte sich.

„Ich...“ Brenda unterbrach sich, als sie Roy auf die Veranda kommen sah. „Schau, wer da ist! Komm her, Roy, ich hab dich schon zwei Wochen lang nicht mehr umarmt!“

Roy kam bereitwillig zu ihr. Er ließ sich furchtbar gern umarmen, und Brenda konnte das besonders gut. Sie umarmte einen sogar mit Zugaben. Sie streichelte einen und schwenkte einen herum, fuhr einem durchs Haar, daß es nach allen Seiten abstand, und tat so, als würde sie einen verhauen. Und gerade wenn man dachte, daß sie aufhören würde, sagte sie „Noch mal!“ und fing wieder von vorn an.

„Und wo ist Johnny?“ fragte sie. „Ich möchte ihn auch umarmen.“ Sie sah über die Schulter auf Shorty. „Wie ich mich benehme, könnte man glauben, ich wäre ganz ausgehungert nach männlicher Zuneigung.“ Sie lächelte. „Johnny, wo bist du?“

Brenda hatte es nicht leicht mit Johnny, denn er mochte

es nicht, wenn man ihn anfaßte. Manchmal mußte sie ihm fünf Minuten lang nachjagen, bis sie ihn erwischte. Und dann stand er stocksteif da, die Hände an den Seiten, die Augen fest geschlossen.

Brenda sah Johnny auf der Türschwelle stehen. „Heute kann ich dir nicht nachlaufen!“ rief sie ihm zu. „Ein Verkäufer im Supermarkt hat mich verstümmelt. Sieh dir das an!“

Sie streckte ihren Fuß mit dem geschwollenen Knöchel vor. Johnny zögerte einen Augenblick und kam dann pflichtschuldigst zu ihr. Sie hatte jetzt Roy und Johnny im Arm, hielt sie beide umfaßt und drückte sie, so fest sie konnte.

Johnny ließ die Umarmung mit geschlossenen Augen über sich ergehen. Roy aber ließ sich von Brenda schaukeln und wiegen und genoß es so richtig, umarmt zu werden.

„Ich mache das Essen“, sagte Retta. Sie ging an Brenda und ihren Brüdern vorbei und machte einen kleinen Bogen um sie, als wollte sie sie nicht stören. In der gleichen vorsichtigen Art ging sie um ihren Vater herum.

„Leg viel Käse auf meine Brote!“ rief Brenda ihr fröhlich nach. Sie lächelte auf Roy und Johnny herab. „Und gib viel Öl auf den Griller. Ich mag es, wenn das Fett richtig tropft!“

Sie beugte sich vor und küßte Roy auf den Kopf. „Und Roy auch.“ Dann strich sie ihm das Haar aus der Stirn, damit sie ihn auf die Augenbraue küssen konnte. „Er will das gleiche, nicht, Roy? Es muß vor Fett nur so tropfen."

Roy hob den Kopf. Sein Gesicht strahlte. Seine Antwort hatte einen feierlichen Klang.

„Ja, es muß schön fett sein!" sagte er.

Johnny hat einen Plan

„Wenn du Arthur sehen möchtest, dann komm her!" rief Roy vom Fenster her.

Retta wandte den Blick vom Fernsehschirm. Sie hatte den ganzen Tag lang vor dem Fernseher gesessen, ohne richtig hinzusehen. Die Programme zogen wie ein endloser, langweiliger Traum an ihr vorüber. „Was hast du gesagt?"

„Arthur ist bei uns im Hof. Jetzt kannst du ihn aus der Nähe sehen, wenn du magst."

„Nein."

„Ich hab ins Haus gehen müssen", sagte Roy, und seine Stimme verlor den fröhlichen Schwung. „Arthur und Johnny besprechen etwas Geheimes."

Er stand am Fenster, die Hände in den Hosentaschen. Er war gekränkt. Roy haßte es, ausgeschlossen zu sein. Er warf Retta einen forschenden Blick zu. Ein Gefühl sagte ihm, daß sie Arthur nur zu gern aus der Nähe gesehen hätte, daß sie es jedoch nicht zugeben wollte. Aus Gutmütigkeit begann er Arthur zu beschreiben.

„Also, er hat Bluejeans an mit einem Flicken hinten drauf. Und ein gelbes T-Shirt. Sein T-Shirt hat einen Aufdruck, aber ich kann's nicht lesen. Er trägt eine Armbanduhr. Er hat ein..."

„Hör doch endlich auf! Ich will fernsehen!"

„Ach, der Film ist doch langweilig! Und die Werbesendung ist auch blöd."

„Ich sehe mir das Werbefernsehen gar nicht an", sagte Retta und nickte ihm kühl zu. „Ich möchte den Film sehen."

Roy spähte aus dem Fenster. „Arthur geht jetzt", berichtete er. „Er geht den Bürgersteig entlang."

„Na gut."

„Jetzt bleibt er stehen, kratzt sich am Kopf. Er dreht sich um. Er..." Plötzlich stockte Roy und holte tief Atem. „Ich rieche die Wunderpflanze!" sagte er glücklich.

„Vielleicht riechst du Arthur", erwiderte Retta und schnitt eine Grimasse, als sie den Namen aussprach. Dabei wandte sie die Augen nicht vom Fernsehschirm.

„Nein, es ist die Wunderpflanze. Ich würde den Geruch überall wiedererkennen."

In Roys Vorstellung wuchs die Pflanze in den Himmel und überschattete das Land mit ihren großen Blättern. Die riesenhaften Blüten entfalteten sich an den Stengeln, die dicker als seine Arme waren, und verströmten ihren süßen Duft – heute glücklicherweise in seine Richtung.

„Ich wollte, sie würden das Werk schließen“, sagte Retta plötzlich.

Roy sah sie an. Er war so erstaunt, als hätte sie vorgeschlagen, den Atlantischen Ozean abzuschaffen. „Das würden sie nie tun!“

„Sollten sie aber.“

„Und überhaupt, warum sagst du *das Werk schließen*?“ fragte Roy verwundert. „Eine Pflanze kann man vielleicht abschneiden oder ausreißen, aber schließen kann man sie nicht!“

Retta wandte die Augen vom Fernseher ab. Sie sah Roy zum erstenmal aufmerksam an. „Was denkst du denn, was das für eine Pflanze ist?“

„Eine große Pflanze.“ Roy war vorsichtig; er wollte sich nicht verraten. Manchmal legte man ihn auf diese Weise rein, und die Leute lachten ihn aus.

„Ja, du hast's erfaßt“, sagte Retta. „Genau das ist es – eine große, häßliche Pflanze!“

„Sie ist nicht häßlich.“

„Hast du sie gesehen?“

„Ja, neulich“, sagte Roy und nickte ernst. Er hatte das Gefühl, daß etwas Unangenehmes in der Luft lag. Er spürte, daß er an einer Schwelle stand – nur ein kleiner Schritt, und er würde in einer Welt landen, in der überhaupt kein Platz mehr für Märchen und Zauber war. Doch er wollte nichts von all dem wissen. Die Wunderpflanze mußte so sein, wie er sie sich vorstellte.

„Jemand hat mir gesagt, daß sie in dem Werk chemische

Waffen für die Armee herstellen", fuhr Retta im Gesprächston fort. „Das sind Waffen, die Menschen töten, aber Autos und Gebäude nicht zerstören, so daß das Militär sie weiterbenutzen kann."

Roy hörte nicht zu. Er ließ das, was sie sagte, nicht an sich herankommen. Jetzt interessierte er sich nur für das, was draußen vorging.

„Arthur ist noch mal zurückgekommen. Jetzt geht er wieder weg", berichtete er. Er ging zur Tür und wartete, während Johnny auf die Veranda kam. „Was war denn so geheim?" fragte Roy.

„Nichts."

Johnny ging langsam durchs Zimmer. Er ließ sich in den Sessel seines Vaters fallen und legte ein Bein über die Armlehne, wie Shorty Anderson es immer tat.

„Wenn's nicht geheim war, warum habt ihr mich dann nicht zuhören lassen?"

„Hör auf, mich zu löchern!" sagte Johnny.

Dann trat Schweigen ein. Retta versuchte auf das Fernsehprogramm zu achten, merkte aber, daß ihre Aufmerksamkeit von dem gefesselt war, was zwischen ihren Brüdern vorging. Sie sah Johnny an.

„Ich weiß, daß ihr etwas vorhabt, du und Arthur", sagte Roy. „Und ich möchte wissen, was es ist."

„Das geht dich nichts an."

„Ich möchte es aber wissen! Wollt ihr das Flugzeug steigen lassen, oder wollt ihr die Raketen abschießen?"

„Weder noch."

„Was habt ihr dann vor?"

Retta sagte: „Bitte doch nicht dauernd, daß er es dir sagt. Das will er doch bloß."

„Will ich nicht", sagte Johnny. Er richtete sich in dem übergroßen Sessel seines Vaters auf. „Wieso kommst du darauf, daß ich gebeten werden will?"

„Weil du wie ein Pascha dasitzt, mit diesem Ich-weiß-etwas-was-du-nicht-weißt-Grinsen auf dem Gesicht. Du bist widerlich!"

„Wenn hier einer widerlich ist, dann bist du's. Du kannst es nicht ertragen, daß ich einen Freund habe, stimmt's?"

Retta starrte ihn an, als wäre er ein richtig ekelhafter, unangenehmer Kerl.

Johnny stand langsam auf und ging hinaus. Auf der Türschwelle blieb er stehen und sah zu Retta und Roy zurück.

„Eins sage ich euch", rief er ihnen zu. „Was ich tun werde, mache ich ohne euch beide." Und er verschwand in sein Zimmer.

Roy schlug sich mit der Faust auf den Schenkel. „Ich hab doch gewußt, daß sie was Geheimes besprochen haben!" Er wandte sich an Retta. Er spürte ihre Hilflosigkeit, doch er hatte sonst keinen, an den er sich wenden konnte. „Retta, du mußt ihn dazu bringen, daß er es mir sagt!"

Retta sah auf die leere Türschwelle. „Das kann ich nicht", sagte sie. „Er hört ja nicht mehr auf mich."

Ein Geheimnis in der Nacht

Roy spielte fast nie mit seinem Essen, weil er es immer so eilig hatte, es zu vertilgen. Die einzige Ausnahme war Kartoffelbrei. An diesem Abend baute er einen Vulkan aus seinem Kartoffelbrei, glättete den Berg mit seinem Löffel und machte in der Mitte einen See aus geschmolzener Butter.

Ein kleines Butter-Rinnsal lief an einer Seite des Breiberges hinunter, und er brachte den Schaden rasch in Ordnung. Schade, daß sie keine grünen Bohnen hatten, dachte er. Sonst hätte er Bäume auf die Abhänge seines Vulkans pflanzen können – auf diese Art wäre der Ausbruch eindrucksvoller gewesen. Doch Retta hatte nur Kartoffelbrei zum Abendessen gemacht.

Der Vulkan war jetzt fast so hoch wie sein Milchglas, ein toller Anblick. „Seht mal!“ sagte Roy zu Retta und Johnny.

Er wartete, bis sie ihm zusahen, dann ließ er seinen Vulkan ausbrechen. Er machte die passenden Geräusche dazu und ließ die Butter an den Seiten überquellen und auf den Teller laufen, bis der ganze Vulkan ein flacher Matsch von Kartoffelbrei war, der den ganzen Teller bedeckte.

Schließlich nahm Roy zufrieden seinen Löffel und begann zu essen. „Soll ich aus deinem Kartoffelbrei auch etwas machen, Retta?“ fragte er.

„Nein.“

„Ich kann alles machen – Schiffe, Flüsse, Sterne…“

„Nein.“

„Für Johnny würde ich nichts machen, weil er mir das Geheimnis nicht verrät.“

„Um so besser“, sagte Johnny.

Johnny und Retta aßen nicht. Keiner von beiden hatte Hunger. Johnny war zu aufgeregt, um zu essen, denn er und Arthur wollten heute abend ihren geheimen Plan ausführen. Retta war zu mißtrauisch und aufgeregt, um zu essen. Sie wußte, daß Johnny etwas plante. Das merkte sie an seiner rastlosen Art, im Essen herumzustochern, auf dem Stuhl hin und her zu rutschen, an seiner Kleidung zu zupfen und wieder im Essen zu stochern.

Sie beobachtete Johnny mit durchdringenden Blicken, bis er schließlich sagte: „Hör auf, mich anzustarren.“

„Ich starre dich nicht an.“

„Freilich tust du's.“

Retta sah auf ihren Teller nieder und nahm etwas Kartoffelbrei auf die Gabel. Dann führte sie die Gabel zum Mund, als müßte sie bittere Medizin einnehmen. Ihr Blick glitt wieder zu Johnny.

„Du starrst mich ja schon wieder an!“ beschuldigte er sie.

„Du starrst mich doch auch an!“

„Hallo, alle miteinander!“ sagte da der Vater und kam mit

„Hör auf, mich anzustarren!" sagte Johnny.

ein paar Tanzschritten in die Küche. „Mich kann meinetwegen jeder anstarren." Er trug seinen himbeerroten Samtanzug mit dem perlenbestickten Kragen, sein Lieblingskostüm. In den dazu passenden roten Lederstiefeln tanzte er um den Tisch.

„Das Essen ist schon kalt", sagte Retta.

„Ich glaube, ich esse heute nichts, Spätzchen. Ich laß mir im Club einen Bissen geben. Sieht aber prima aus, wirklich." Shorty wagte es nie, in seinem roten Samtanzug etwas zu essen. Die Reinigung kostete zweiundzwanzig Dollar.

„Ich hab einen Vulkan aus meinem Kartoffelbrei gemacht“, verkündete Roy.

„Das hab ich früher auch getan, wenn meine Mama nicht hersah“, sagte Shorty Anderson. „Aber meine Mama hat uns nicht erlaubt, mit dem Essen zu spielen. Das ist das einzig Schlechte, was ich über sie sagen kann.“ Er legte die Hand auf Rettas Schulter. „Du kannst von Glück sagen, daß du eine liebe Schwester hast, die dir alles erlaubt.“

„Oh, Paps!“ sagte Retta zwischen zusammengebissenen Zähnen.

Er drehte sich um. „Also dann, seid brav, Kinder, benehmt euch!“

„Machen wir!“ rief Roy vergnügt.

Retta, Roy und Johnny blieben am Tisch sitzen, nachdem ihr Vater das Haus verlassen hatte, obwohl sie mit dem Essen fertig waren. Retta hielt die Augen gesenkt, doch ihre Gedanken kreisten um Johnny. Heute abend schleicht er sich weg! sagte sie sich.

Schließlich brach Johnny das Schweigen. Er stand auf und streckte ich. „Also, ich bin müde. Ich gehe jetzt ins Bett.“

„Es ist erst acht Uhr“, sagte Retta.

„Na und? Ich bin müde, verstanden?“

Während Johnny das Zimmer verließ, sah ihm Retta mit brennenden Augen nach. Sie beobachtete ihn, bis er im Flur verschwand. Dann stand sie auf und begann abzuwaschen. Über dem heißen, dampfenden Wasser war ihr Gesicht starr und verschlossen.

Sie gingen alle früh zu Bett. Roy schlief rasch ein, doch Retta und Johnny lagen hellwach und starrten zur Zimmerdecke. Manchmal ging ein leichtes Lächeln der Vorfreude über Johnnys Gesicht; Rettas Miene aber blieb starr und verschlossen.

Sie wußte genau, wann Johnny aus dem Bett stieg, denn sie hörte das Knarren der Sprungfedern. Sie lag da, ohne sich zu rühren, mit geschlossenen Augen, während Johnny aus seinem Zimmer in den Flur schlüpfte.

Auf der Türschwelle zu Rettas Zimmer machte er halt. Er wollte sich vergewissern, daß Retta schlief. Wenn sie sich bewegte, wollte er so tun, als wäre er nur auf dem Weg ins Badezimmer. Sie rührte sich nicht. Mit einem erleichterten Seufzer schlich Johnny ins Wohnzimmer.

Nun öffnete er die Tür, schob sie leise zu und trat auf die Veranda. Er lehnte sich gegen das Geländer und zog seine Schuhe an.

Schnell stieg Retta aus dem Bett. Sie trug noch ihre Jeans und ein Hemd. Lautlos schlüpfte sie in den Flur. Sie wartete sekundenlang in der Dunkelheit, bis sie Johnny die Treppe hinuntergehen hörte.

Als Johnny den Bürgersteig erreichte, begann er rascher zu gehen. Retta schlich auf die Veranda. Sie stieg die Stufen hinunter und blieb im Schatten einer Ulme stehen. Es war elf Uhr. Der Vollmond strahlte hell; ab und zu verschwand er hinter Wolken und tauchte dann wieder auf.

Nun hatte Johnny die Straßenecke erreicht. Ein Wagen fuhr vorüber, und Johnny wartete. Dann überquerte er eilig die Straße und begann zu laufen.

Retta spähte nach links und rechts, um sicher zu sein, daß keine neugierigen Nachbarn sie beobachteten. Nirgends brannte Licht hinter den Fenstern. Im Schutz der dunklen Hausmauern und Zäune eilte Retta hinter Johnny her.

Roys großes Abenteuer

Roy erwachte und wußte sofort, daß er allein im Zimmer war. Er fuhr herum und sagte: „Johnny?"

Im hellen Schein, der aus dem Wohnzimmer kam, sah er, daß die andere Hälfte des Bettes leer war.

„Johnny!"

Roy stieg aus dem Bett. Er haßte es, allein zu sein, und ahnte, daß sein Bruder nicht nur ins Badezimmer oder in die Küche gegangen war. Er stolperte in den Flur hinaus. Seine Augen waren weit aufgerissen und wach, doch sein Körper war noch schwerfällig vom Schlaf.

Er tappte in Rettas Zimmer und machte Licht. Als er sah, daß auch ihr Bett leer war, begann er nach den beiden zu rufen: „Retta! Johnny! Rettaaa!"

Doch wie er befürchtet hatte, kam keine Antwort. Er ging auf die Veranda und setzte sich auf die oberste Stufe. Dort fing er an zu weinen.

„Warum haben sie mich allein gelassen?“ jammerte er. „Das dürfen sie doch nicht. Sie dürfen nicht einfach weggehen und mich allein lassen!“

Er stockte, um seine Tränen mit dem Ärmel des Schlafanzugs wegzuwischen. „Ich hätte sie nicht allein gelassen!“

Das Gefühl, ungerecht behandelt zu werden, machte alles noch schlimmer. Er begann ärger zu weinen. „Nächstesmal lasse ich sie aber allein, damit sie sehen, wie das ist.“

Doch nicht einmal der Gedanke an diese gerechte Strafe tröstete ihn. Er konnte sich nicht vorstellen, wie Retta und Johnny auf den Verandastufen saßen und weinten, weil er sich irgendwo ohne sie vergnügte.

Seine Tränen flossen rascher. Es war ein schreckliches Gefühl, allein zurückgelassen zu werden. Er hatte immer besonderes Mitleid mit jedem gehabt, der verlassen wird. Vor kurzem hatte er im Fernsehen einen Film von einer amerikanischen Siedlerfamilie gesehen, die ihren alten Hund nicht mitnahm, als sie nach Westen zog. Roy hatte vor Mitgefühl mit dem Hund bitterlich geweint.

Später war der Hund im Film dann der Familie gefolgt und hatte sie durch sein Gebell vor einem überraschenden Indianerüberfall gerettet. „Ist mir ganz egal, wie viele Indianer Retta und Johnny überfallen“, sagte Roy schluchzend und fühlte sich tief mit dem Siedlerhund verbunden. „Ich würde nicht ein einziges Mal bellen!“

Die Vorstellung, wie Retta und Johnny einem Indianerüberfall zum Opfer fielen, während er mit versiegelten

Lippen im Gebüsch saß, war angenehm, besserte seine Stimmung aber nicht. Er weinte leise weiter im Mondschein.

Plötzlich richtete Roy sich auf. Ihm war eingefallen, daß Johnny und Arthur irgendein Geheimnis hatten. Er leckte eine Träne vom Mundwinkel ab; sie schmeckte salzig. Retta mußte auch in das Geheimnis eingeweiht sein, dachte er. Alle waren eingeweiht, nur er nicht.

„Sie sind zum Baden gegangen!" sagte er plötzlich.

Er erinnerte sich zwar, daß Retta ihm gesagt hatte, sie könnten nie wieder zum Oberst gehen; doch das war vielleicht nur ein Trick gewesen, um ihn von der Spur abzulenken. Roy stand auf. Die Tränen auf seinen Wangen trockneten. Langsam ging er die Treppe hinunter.

Als er auf der untersten Stufe stand, faßte er einen wunderbaren Plan. Er wollte sich auf das Grundstück von Oberst Roberts schleichen und Retta, Johnny und Arthur beobachten. Ihm kam es vor, als wäre er der einzige, der noch niemandem nachspioniert hatte. Sie würden ihn im Dunkeln stehen sehen, dachte er, und furchtbar erschrekken. Das würde ihnen recht geschehen. Rasch ging er in seinem gestreiften Schlafanzug den Bürgersteig entlang.

An der Straßenecke blieb er stehen. Ihm war noch etwas Besseres eingefallen. Wenn er in den Garten von Oberst Roberts kam und sah, daß Retta, Johnny und Arthur im Swimming-pool waren, würde er losrennen, laut johlen, wie Johnny es getan hatte, und zu ihnen ins Wasser springen.

Er hatte nicht vergessen, wie Johnny über den Rasen gestürmt war, ohne sich um irgend etwas oder irgend jemanden zu kümmern. Das hatte Roy tief beeindruckt. Johnnys Tat war ihm wie etwas sehr Erwachsenes vorgekommen, das er selbst nie gewagt hätte. Nie wieder in seinem Leben würde er so viel Achtung und Bewunderung für einen Menschen empfinden wie damals für Johnny, als dieser wie eine Kanonenkugel vom Sprungbrett in die Tiefe geschnellt war.

Roy war ganz berauscht von der Großartigkeit seines Plans. Arthur, Johnny und Retta würden im Wasser sein, ganz leise schwimmen und versuchen, nicht zu plätschern. Plötzlich würden sie das Geräusch laufender Füße hören. Sie würden mit geöffnetem Mund aufsehen, während er, Roy, dahergestürmt kam. Und ehe sie wußten, was geschah, würde er genauso furchtlos wie Johnny vom Sprungbrett ins Wasser springen.

Rasch ging Roy weiter und spürte die Zweige und Steine unter seinen bloßen Füßen nicht mehr.

„Ro-ooy!“ würde Retta sagen. Im Geist konnte er ihre Stimme hören. Er ahmte sie nach, während er ging, und wiegte dabei den Kopf von einer Seite zur anderen. „Ro-ooy!“

Und Arthur – Arthur würde besonders beeindruckt sein, denn er konnte ja nicht wissen, daß Roy nur etwas nachmachte, was Johnny schon getan hatte.

Der schöne Traum wurde immer ausführlicher. Retta würde sie alle aus dem Swimming-pool treiben, und zu viert würden sie einträchtig über den Rasen laufen. Die Flucht würde sie zu Verbündeten machen. Hinter ihnen würden im Haus von Oberst Roberts die Lichter aufflammen.

„Schneller!“ würde er, Roy, den anderen zurufen. Er selbst würde die Führung übernehmen und vorauslaufen. „Beeilt euch!“

Die Vorstellung, zum erstenmal in seinem Leben die Führung zu übernehmen, ließ Roy vor Freude erzittern.

Oberst Roberts’ Haus tauchte in der Ferne auf, groß und weiß zwischen den Bäumen. Roy begann langsamer zu gehen. Er hielt sich dicht am Zaun. Auf seinem Gesicht lag ein leichtes Lächeln. Sein Herz schlug so schwer, daß er eine Hand auf die Brust legte, um leichter schlucken zu können.

Er kletterte zwischen den Bäumen über den Zaun, wie Retta es ihm beigebracht hatte. Der Mond war von einer Wolke verdeckt, und Roy wartete in der Dunkelheit. Er war so angespannt, daß seine Knie zitterten. Er schluckte wieder.

Dann bückte er sich und begann in Richtung zum Schwimmbecken zu schleichen; eine kleine, gebückte Gestalt im zerknitterten Schlafanzug. Er blieb stehen und hob den Kopf. Was im Swimming-pool vor sich ging, konnte er nicht sehen, doch er hörte leises Geplätscher.

Gebückt rannte Roy vorwärts. Er überquerte den Pfad, machte bei einem Busch halt und spähte durch das Blattwerk.

Sie waren im Wasser. Er konnte sie schwimmen hören. Er richtete sich auf und holte tief Atem. Ich muß sie überraschen, dachte er. Es muß eine Riesenüberraschung werden! Und er sprang hinter dem Busch hervor und begann zum Schwimmbecken zu laufen.

Es war herrlich, über den Rasen zu rennen. Zum erstenmal in seinem Leben fühlte er sich stark. Nichts und niemand konnte ihm etwas anhaben. Er war selbst überrascht, als er plötzlich einen Luftsprung machte und einen Freudenschrei ausstieß.

Roy überquerte den gepflasterten Innenhof und machte dabei kürzere Schritte, um nicht auszugleiten. Dann lief er zum Sprungbrett. Als er es erreichte, wurde er plötzlich von Furcht ergriffen. Er war ja noch nie zuvor auf einem Sprungbrett gewesen. Er hatte vorgehabt, wenigstens einmal in die Luft zu springen, doch dazu blieb ihm keine Zeit. Er fiel sofort in die Tiefe, eingerollt wie eine Garnele. Dann platschte er ins kalte Wasser und versank.

Strampelnd und zappelnd kam er wieder hoch. Er spruckte Wasser und streckte die Arme suchend nach Retta aus. In der Aufregung über seinen großartigen Plan hatte er vergessen, daß er nicht schwimmen konnte.

„Retta!“ keuchte er. Er würgte und tauchte wieder unter.

Wasser kam in seine Nase. Verzweifelt kämpfte er, um wieder an die Oberfläche zu gelangen. Ihm schien, er wäre auf dem Meeresgrund und würde nie wieder nach oben kommen. Dann tauchte er auf, schrie Rettas Namen, rang nach Luft und versank wieder.

Plötzlich spürte er, wie er von einer Hand gepackt und an die Wasseroberfläche gezogen wurde. Er versuchte Atem zu holen. Blindlings klammerte er sich an den Arm und zog sich daran hoch, um sich an der Schulter festzuhalten.

Dann wurde Roy zum Rand des Schwimmbeckens gezogen. Er wurde aus dem Wasser gehoben und auf das Pflaster des Innenhofes gelegt. Er zitterte heftig, spie Wasser aus und begann zu weinen.

„Retta!" Er griff ins Leere, wollte wieder von seiner Schwester festgehalten werden. „Retta, ich bin fast ertrunken!"

Durch seine Tränen sah er auf und merkte, daß nicht Retta über ihn gebeugt stand. Er wischte sich das Wasser aus den Augen und sah in das strenge Gesicht von Oberst Roberts.

„Wo ist Retta?" fragte Roy. Seine Stimme bebte.

„Wer ist Retta?" fragte der Oberst.

Und Roy drehte sich um und erbrach sich so, daß er nicht nur das Wasser aus dem Swimming-pool von sich gab, sondern auch seinen Kartoffelbreivulkan.

Der unheimliche Luftballon

Retta war Johnny vier Straßen weit gefolgt. Ihre Augen waren so scharf und aufmerksam wie die eines Adlers auf Raubzug.

Sie atmete heftig, doch den Duft der Nachtblumen, der in der Luft lag, bemerkte sie nicht. Sie war von einem Gefühl der Befriedigung erfüllt. Jetzt kam sie sich wirklich wie eine Mutter vor, stark und entschlossen. Und es war nicht leicht, eine starke und entschlossene Mutter zu sein, fand sie.

Sie verlor Johnny aus den Augen, als er um eine Ecke bog. Flüchtige Angst stieg in ihr auf, und sie ging rascher. Als sie ihn wieder sah, die Hände in den Hosentaschen, den Kopf erhoben, atmete sie erleichtert auf.

Retta ging eilig weiter und vergaß ganz, dicht beim Gebüsch zu bleiben, damit sie sich jederzeit verstecken konnte. Dann öffnete Johnny plötzlich eine Gartenpforte und ging auf ein Haus zu. Leise schlich Retta in den Nachbargarten und blieb im Schutz der Schatten der Bäume stehen, wenn der Mond hinter den Wolken hervorkam.

Als sie sicher hinter einer Hecke verborgen stand,

wartete sie. Auch Johnny wartete am Fuß der Vortreppe. Er bewegte sich unruhig, sah zum Haus auf, wischte sich die Hände an seinem Hemd ab. Als sich die Vordertür öffnete, wich er in die Dunkelheit zurück und trat dann wieder vor, als er Arthur aus dem Haus kommen sah.

Arthur. Rettas Mund verzog sich zu einem höhnischen Lächeln, als sie Johnnys Freund sah. Unsicher und eifersüchtig verkrampfte sie die Hände.

Die Jungen steckten die Köpfe zusammen und unterhielten sich leise. Arthur hat sich also auch heimlich davongeschlichen! dachte Retta verächtlich.

Plötzlich begannen die beiden loszugehen. Arthur trug eine Schultertasche, die er von einem Arm zum anderen wechselte. Johnny erbot sich, sie zu nehmen, doch Arthur schüttelte den Kopf.

Retta war so ängstlich darauf bedacht, ihren Bruder nicht aus den Augen zu verlieren, daß sie durch die Hecke kroch und auf der anderen Seite um sich schlagend wieder herauskam. Die Kratzer an ihren bloßen Armen und Beinen spürte sie kaum.

Ein Stück vor ihr sagte Arthur etwas, und Johnny nickte zustimmend. Das wird euch nicht gelingen! gelobte sich Retta insgeheim. Nun erklärte Arthur etwas mit leiser Stimme. Johnny hob die Hand und fuchtelte herum. Er machte fast Luftsprünge vor freudiger Erregung. Er lachte.

Jede Bewegung, jedes Wort machte Retta wütender. Je aufgeregter Johnny wurde, um so mehr wünschte sie sich, ihm alles zu verderben. Sie hielt sich nur mit Mühe zurück, zu ihm zu laufen, ihn am Arm zu packen und zu schütteln, bis ihm die Freude verging.

Wag es bloß nicht, dich noch mal nachts wegzuschleichen! würde sie sagen. So etwas erlaube ich nicht! Dabei vergaß sie ganz, daß sie selbst ihn ja dazu verleitet hatte, nachts aus dem Haus zu schleichen.

Johnny und Arthur sahen nicht zurück. Johnny ging jetzt fast seitwärts; so, daß er Arthur ansehen konnte. Er wollte sich offenbar nichts von dem entgehen lassen, was Arthur tat oder sagte. Retta schlich durch die Vorgärten und hielt sich dicht bei den Büschen und Bäumen. Sie hatte jedoch das sichere Gefühl, daß Johnny sie nicht bemerkt hätte, selbst wenn sie offen auf der Straße gegangen wäre.

Plötzlich endete die Straße, es war eine Sackgasse. Die Jungen nahmen eine Abkürzung durch ein unbebautes Grundstück. Retta arbeitete sich näher heran. Ohne das Licht der Straßenlaternen war es schwierig, den beiden zu folgen. Sie stolperte über einen Spielzeug-Rasenmäher, den ein Kind im Unkraut vergessen hatte, fiel hin und blieb einen Augenblick lang auf dem Gesicht liegen, voller Angst, die beiden könnten sie gehört haben.

Als sie den Kopf hob, sah sie, daß Johnny und Arthur den Hügel hinaufgingen. Sie schienen nichts um sich her wahrzunehmen, so sehr waren sie mit sich selbst beschäftigt.

„Ich hätte mir den Hals brechen können, und sie hätten es nicht bemerkt“, murmelte Retta, während sie wieder aufstand. Ihre Augen waren hart, ihre Lippen fest zusammengepreßt.

Droben auf dem Hügel hatten die Jungen jetzt eine Lichtung erreicht. Sie blieben stehen. Gebückt begann Retta ihnen nachzuschleichen. Hier waren nur wenige Büsche und Bäume, und sie wollte auf keinen Fall zu früh bemerkt werden. Noch immer gebückt erklomm sie den Hügel auf der anderen Seite und kam hinter den Jungen zum Rand der Lichtung. Arthur und Johnny hatten sich vorgebeugt und wandten Retta den Rücken zu, als sie über den Hügelkamm kam. Sie legte sich flach auf den Bauch und beobachtete sie.

Was die beiden taten, konnte Retta nicht sehen. Sie wagte jedoch nicht, sich näher heranzuschleichen. Die beiden hatten einen großen Plastikbeutel, das konnte sie erkennen. Johnny hielt ein Ende davon in die Luft.

„Ist es so richtig?“ fragte er.

„Ja.“

Arthur kniete neben ihm, strich Zündhölzer an und schützte die Flamme mit der hohlen Hand vor dem Nachtwind. Er zündete etwas an. Retta ging in die Hocke. Sie mußte sehen, was Arthur machte.

In der Öffnung des Plastikbeutels befand sich ein Drahtring mit schmalen Holzlatten darüber. Die Holzlatten waren mit kleinen Kerzen bedeckt. Arthur zündete die Kerzen rasch an. Als sie alle brannten, begann sich der Plastikbeutel mit Heißluft zu füllen.

Retta stand auf. Sie war fast froh, daß die beiden mit

Feuer spielten, denn das war etwas, was keine Mutter erlauben darf.

Jetzt war der Beutel gefüllt. Die Kerzen leuchteten unheimlich in der Nacht. „Es ist gleich soweit", sagte Arthur.

Retta trat einen Schritt vor, als sich der Beutel in die Luft erhob. Ihre Schultern waren gestrafft. Die Tatsache, daß die Jungen etwas taten, was gefährlich werden konnte, verlieh ihr zusätzliche Stärke. Die Hände in die Hüften gestützt, trat sie auf die Lichtung.

Der Beutel stieg nun rasch und schoß dann in die kühle Nachtluft hinauf. Die Gesichter der beiden Jungen waren nach oben gewandt.

Retta ging auf sie zu. Sie lief nicht. Sie hatte Zeit.

„Sieh doch, wie hoch er steigt!" rief Johnny. In diesem Augenblick erreichte ihn Retta. Sie verharrte sekundenlang und beobachtete ihn. Er hatte die Hände unter dem Kinn verschränkt und sah zum Himmel auf.

Unvermittelt packte ihn Retta am Unterarm und riß ihn herum. „Was machst du da, zum Teufel?" fuhr sie ihn an.

Johnnys Kinnlade fiel herab. Er wich unwillkürlich zurück. Retta umklammerte seinen Arm fester.

„Was du hier machst, will ich wissen!"

Johnny fand keine Antwort. Sein Mund war trocken. Seine Knie wurden weich. Er holte tief und zitternd Atem.

Retta deutete auf den Beutel, der mit Heißluft gefüllt war. Er flog jetzt den Hügel hinunter. Eine Weile schwankte er über einem Baum und stieg dann wieder auf,

„Sieh doch, wie hoch der Ballon steigt!“ rief Johnny.

als die Kerzen die Luft erneut erhitzten.

Retta wurde plötzlich wieder wütend, weil die Kerzen den Baum nicht in Brand gesteckt hatten. Das wäre der beste Beweis dafür gewesen, daß sie im Recht war.

Nun kam Arthur zu ihnen, und Retta wandte ihre Aufmerksamkeit erneut ihrem Bruder zu. Sie schüttelte ihn heftig. Johnny kämpfte nicht dagegen an. Er ließ sich einfach schütteln.

Retta beugte sich vor und starrte Arthur zornig an. „Was habt ihr eigentlich vor?“ schrie sie. „Wollt ihr die ganze Stadt in Brand stecken?“

Johnnys neuer Freund

„Ich weiß gar nicht, worüber du dich so aufregst“, sagte Arthur. Die drei gingen den Bürgersteig entlang, Retta voran. „Wir haben doch keinen Schaden angerichtet.“

„Du hast fast einen Baum und ein Haus in Brand gesteckt“, sagte Retta. „Nennt man so was vielleicht ‚keinen Schaden anrichten‘?“

Sie war anfangs entschlossen gewesen, überhaupt nicht mit Arthur zu reden, um ihm ihre Verachtung zu zeigen. Doch das konnte sie nicht. Sie ließ sich nun herab, seine Fragen zu beantworten, doch nur über die Schulter, als zählte er gar nicht.

„Ich verstehe das wirklich nicht“, fuhr Arthur fort. „Deine Brüder dürfen sich nachts aus dem Haus schleichen, wenn du dabei bist, aber…“

Sie unterbrach ihn. „Ich lege schließlich kein Feuer“, sagte sie.

„Ich auch nicht. Habe ich Feuer gelegt?“ Als Retta nicht antwortete, richtete Arthur die Frage an Johnny. „Haben wir Feuer gelegt?“

Er drehte sich zu Johnny um, der hinter ihnen her schlurfte, aber Johnny sah nicht auf.

„Ihr habt kein Feuer gelegt“, sagte Retta in einem Ton, den sie für erwachsen hielt, „weil ihr das Glück hattet, daß eure Kerzen erloschen sind.“

Johnny ging jetzt langsamer. Mit jedem Schritt blieb er weiter zurück. Sein Kopf sank mutlos nach vorn. Seine Beine zitterten, er konnte kaum noch gehen.

Rettas Auftauchen im Augenblick größten Triumphes war so erschreckend und unerwartet gewesen wie das einer bösen Hexe. Ja, ihre Stimme und ihr Benehmen hatten ihn so erschreckt, daß sie ihn an ein Märchen erinnerte, in dem eine Hexe in einer Wolke von rotem Rauch erschienen war.

Johnny fühlte sich hilflos. Er kam sich vor wie eine Marionette, und seine Schwester schien immer da zu sein, um an den Fäden zu ziehen und ihn zu überwachen. Sie schien nur auf den richtigen Moment zu warten, um vorzuspringen und ihm alles zu verderben.

Vor ihm sagte Arthur: „Ich verstehe nicht, warum du deine Brüder wie Gefangene behandeln mußt!“

„Natürlich verstehst du das nicht“, sagte Retta über die Schulter. Dann merkte sie, daß sie einen Fehler gemacht hatte, und fügte rasch hinzu: „Außerdem behandle ich sie ja gar nicht wie Gefangene.“

„Doch, das tust du.“

„Tu ich nicht!“

Sie fuhr plötzlich herum. Arthur, der nicht darauf vorbereitet war, stieß beinahe mit ihr zusammen.

„Zufällig bin ich verantwortlich für die beiden!“ sagte sie. Sie stemmte die Hände in die Hüften und fühlte sich stark und erwachsen. „Ich koche für sie und wasche ihre Wäsche und passe auf, daß sie rechtzeitig ins Bett gehen. Ich mache sogar ihre Schularbeiten für sie, und sie sind keine Gefangenen!“

„Und du denkst wohl auch für sie?“

Retta wandte sich schnell ab. Sie ging rasch weiter.

„Hör mal, ich wollte dich nicht beleidigen“, sagte Arthur.

„Du kannst mich gar nicht beleidigen!“

„Es ist nur so, daß wir wirklich nichts Böses getan haben.“

„Pah!“

„Auf alle Fälle war's nicht schlimmer, als ohne Erlaubnis in einem fremden Swimming-pool zu baden.“

„Das glaubst du!“

Johnny blieb immer weiter zurück. Als er gehört hatte,

wie Arthur das Wort „Gefangene“ erwähnte, war ihm klargeworden, was er war. Tränen brannten in seinen Augen. Er war froh über die Dunkelheit und über den Abstand zwischen ihm und Arthur.

Er war sicher, daß seine Freundschaft mit Arthur kaputt war – sie war sowieso zu schön gewesen, um wahr zu sein. Doch er wollte nicht, daß Arthur ihn weinen sah. Es war schon schlimm genug, daß Retta ihn in Arthurs Gegenwart wie ein Baby behandelte. Langsam und schleppend zog er die Füße nach, blieb von Zeit zu Zeit stehen, ließ die Arme hängen und starrte auf den Boden.

„Ist das dein Haus?“ fragte Retta Arthur über die Schulter.

„Ja.“

„Dann solltest du besser reingehen. Wir möchten gern allein nach Hause gehen, wenn du nichts dagegen hast.“

„Ich hab aber was dagegen. Ich bin nicht einer von deinen Brüdern, weißt du. Mich kannst du nicht herumkommandieren.“

Arthur blieb stehen und wartete, bis Johnny nachkam. Johnny sagte mit gesenktem Kopf: „Geh nur. Um mich brauchst du dir keine Sorgen zu machen.“

„Also, weißt du, das Ganze war doch gar nicht so schlimm“, sagte Arthur leise. „Wir haben doch gar nichts getan.“

„Ich weiß, aber so ist Retta eben.“

„Hört auf, über mich zu reden!“ fuhr Retta sie an. Sie stand ein Stück von den beiden entfernt und wartete.

„Ja, so bist du wirklich!“ sagte Johnny. Seit Arthur neben ihm stand, fühlte er sich stärker. Zum erstenmal seit dem Auftauchen seiner Schwester sah er Arthur an. „Alles muß immer nach ihrem Kopf gehen. Jeder muß sich nach ihr richten! Alle müssen tun, was sie will!“

„Das hab ich gemerkt.“

Arthur warf einen Blick auf Rettas unbeugsamen Rükken. Er sagte: „Na ja, vielleicht mag sie dich und deinen Bruder wirklich und hat nur Angst...“

Retta wirbelte herum. Ihre Augen funkelten. Im Mondlicht wirkte sie größer als Arthur und Johnny. Sie sah Arthur so voller Abscheu an, daß er einen Schritt zurückwich.

„Wag bloß nicht, etwas über mich zu sagen!“ schrie sie.

Es ist etwas passiert

Sobald sie um die Ecke bogen und in die Straße kamen, in der sie wohnten, wußte Retta, daß etwas nicht stimmte. Auf der Veranda brannte Licht, und ein fremder Wagen stand vor dem Haus.

„Da ist etwas passiert!“ sagte sie und begann den Hügel zum Haus hinunterzulaufen.

Auch Arthur und Johnny, die ihr folgten, wurden

unruhig. Sie liefen hinter Retta her. Die drei erreichten die Verandastufen gleichzeitig, doch Retta trat noch vor den Jungen durch die Tür. Sie sah Oberst Roberts als erste.

Retta blieb ruckartig stehen, so daß Johnny gegen sie stieß und sie ins Zimmer schob. Dann sah auch Johnny den Oberst. Er wich zurück und ließ Retta allein stehen. Johnny hatte Oberst Roberts erst einmal flüchtig gesehen, und damals hatte dieser einen Schlafanzug getragen; doch jetzt wußte Johnny sofort, wer der Fremde in ihrem Wohnzimmer war. Er holte erschrocken Atem.

Der Oberst saß sehr gerade da, die Hände auf die Knie gelegt. Neben ihm lag Roy zusammengerollt auf dem Sofa. Er hatte sich in den Schlaf geweint und lag jetzt unbeweglich da, eingewickelt in eines von Oberst Roberts' Flanellhemden. Manchmal tat er einen zitternden Atemzug.

Roy hatte vom ersten unerlaubten Schwimmabend an Angst vor Oberst Roberts gehabt. Es war wie diese Angst, die er sonst beim Gedanken an Geister, Wölfe und zweiköpfige Riesen empfand. Und bei seiner ersten Begegnung in dieser Nacht mit dem Oberst wirkte der genauso erschreckend, wie Roy ihn sich vorgestellt hatte.

Er hatte so finster und mächtig ausgesehen, als er über Roy gebeugt stand, daß dieser vor Furcht gezittert hatte. Seine Hände, die er nach ihm ausstreckte, waren so groß wie Teller gewesen, und seine Augen schienen rot zu glühen. Zugleich kam es Roy vor, als würde er selbst schrumpfen. Es war ein aufregendes Gefühl gewesen, fast wie etwas aus einem Science-fiction-Film. Er spürte richtig, wie er kleiner wurde; er erwartete beinahe, ganz zu verschwinden.

Doch das Wunder war nicht geschehen. Roy wurde gezwungen, mit in das Haus des Obersts zu kommen. Man zwang ihn, trockene Kleider anzuziehen – so jedenfalls empfand es Roy – und seinen Namen und seine Adresse zu sagen. Dann wurde er nach Hause gefahren, und das war noch schlimmer, als ins Gefängnis zu kommen.

Als der Wagen vor dem Haus anhielt, hatte Roy kurz gehofft, der Oberst würde ihn mit einer strengen Mahnung gehen lassen. Er murmelte erstickt „danke fürs Heimfahren" und versuchte aus dem Auto zu schlüpfen, doch die ganze Höflichkeit nützte nichts.

Oberst Roberts hatte seinen Sicherheitsgurt geöffnet, er war aus dem Wagen gestiegen, und auf dem Weg zur Haustür hatte er gesagt: „Ich muß mit deinem Vater sprechen."

Nun sah Retta vom Oberst zu Roy. Als ihr Blick dem des Obersts ein zweites Mal begegnete, straffte sie die Schultern.

„Was ist passiert?" fragte sie.

„Bist du seine Schwester?"

„Ja. Ich kümmere mich um ihn."

„Heute nacht hast du dich aber nicht um ihn gekümmert. Er ist beinahe ertrunken."

„Was?"

„Er ist allein zum Schwimmen gekommen. Er ist ins tiefe

Wasser gesprungen, aber er kann nicht schwimmen. Wenn ich nicht dagewesen wäre, wäre er ertrunken."

„O nein!"

Retta stand nun in der Mitte des Zimmers. Ihr war, als schwankte der Boden unter ihren Füßen. Unsicher streckte sie die Hand aus, um sich zu stützen, griff jedoch ins Leere.

„Ich habe euren Vater angerufen", sagte der Oberst. „Er muß jeden Augenblick kommen."

Retta hob abwehrend die Hand. Der Oberst wandte sich an Johnny. „Wer hat die Aufsicht über euch Kinder?"

„Sie", sagte Johnny und deutete auf Retta.

Retta schloß die Augen. Als sie sie wieder öffnete, fiel ihr Blick auf Roy, der auf dem Sofa lag. Plötzlich sah sie, wie klein und verletzlich er war. Sie sah auf Johnny, der dicht an Arthur gedrängt dastand. Sie war bestürzt wie ein Kind, dessen Puppen plötzlich zum Leben erwachen und echte Liebe und Aufmerksamkeit fordern. Retta begriff plötzlich vieles, das sie bisher nicht verstanden hatte.

„Ich weiß nicht, wie das alles passiert ist", sagte sie leise – mehr zu sich selbst als zu Oberst Roberts.

„Nun", erwiderte der Oberst, „es ist passiert, weil..." Er stockte.

Auf der Veranda erklangen Schritte, und Shorty Anderson erschien in seinem himbeerroten Cowboyanzug mit der Perlenstickerei auf dem Kragen. Tränen stiegen Retta in die Augen und verwandelten den Vater in einen rosaroten Kreis.

Sie blinzelte, und da stand er auf der Türschwelle. So wie Roy ihr vorher jünger erschienen war, kam der Vater ihr nun älter vor. Der rote Samtanzug war ein wenig zu eng und ausgedehnt in den Nähten. Wieder stiegen Retta die Tränen in die Augen und rollten über ihre Wangen.

Der Oberst ging zur Tür. „Mr. Anderson?“ fragte er. Er war so groß, daß er Shorty Anderson um mehr als einen Kopf überragte. Shorty machte in seinen hochhackigen Stiefeln drei Schritte vorwärts.

Johnny und Arthur wichen zurück, so wie Zuschauer sich in einem Cowboyfilm vor einem Kampf in Sicherheit bringen.

Arthur suchte nach dem Türgriff hinter sich.

Der Oberst streckte die Hand aus. „Ich bin Oberst Roberts. Ihre Kinder haben nachts in meinem Swimming-pool gebadet.“

Shorty Anderson nahm seine Hand. „Nachts?“ wiederholte er und sah verblüfft vom Oberst zu seinen Kindern. „Sind sie denn nachts nicht im Bett?“

Der Oberst schüttelte den Kopf. „Sie sind gekommen und haben in unserem Swimming-pool gebadet, nachdem wir zu Bett gegangen waren. Es ist nicht so, daß wir etwas dagegen haben, wenn sie da schwimmen, aber es ist gefährlich, und wir tragen die Verantwortung. Heute nacht ist der kleine Junge hier beinahe ertrunken. Wir möchten, daß sie am Tage zum Schwimmen kommen und uns Bescheid sagen.“

„Habt ihr das wirklich getan?“ fragte Shorty Anderson.

Retta nickte. Sie brachte kein Wort heraus.

„Johnny?“

„Ja.“

Shorty Anderson sah zu seinem jüngsten Sohn auf dem Sofa. Roy bewegte sich. Er öffnete die Augen und merkte, daß er nicht länger mit dem Oberst allein war. Der Raum war so voll von Leuten.

Roy blinzelte schlaftrunken und versuchte sich aufzurichten. Plötzlich fiel ihm wieder ein, warum der Oberst hier war. Er wollte mit seinem Vater sprechen. Die Schrecken dieser Nacht fielen ihm wieder ein. Er stand auf dem Sofa und schwankte leicht auf den unebenen Polstern. Dabei umklammerte er das zerknitterte Hemd des Obersts wie einen Rettungsring.

Dann sagte er: „Sie ist schuld.“ Seine Stimme zitterte vor Selbstmitleid. Er deutete auf Retta.

Er hatte gesprochen, ohne zu überlegen; doch mit einemmal wurde ihm klar, daß es stimmte. Unbewußt hatte er den wirklichen Grund genannt, weshalb sie hier standen. Er faßte alles in die Worte zusammen: „Sie hat mich allein gelassen. Ich habe sie gesucht, doch niemand war da.“

Retta trat zurück. Alle sahen sie an. Sie machte eine fahrige Handbewegung und stieß die Stehlampe um. In der Stille, die dem Geräusch splitternden Glases folgte, räusperte sich Shorty Anderson. Er sah sich um wie ein Mann, der seine Kinder zum ersten Mal im Leben richtig sieht. Sein Blick streifte den Oberst und fiel dann auf die zerbrochene Lampe. Einen Moment lang schien er noch kleiner zu werden. Dann reckte er sich.

„Vielleicht sollten wir uns setzen und miteinander reden", sagte er mit müder Stimme.

Brenda weiß Rat

„Also paß mal auf, Spätzchen, so schlimm ist es doch gar nicht", sagte Brenda. Sie war gekommen, als der Oberst wegging, und saß nun mit Retta in der Küche.

„Doch, ist es schon", erwiderte Retta. Sie begann an einem Loch in der Tischdecke zu zupfen, das Roy mit der Gabel hineingebohrt hatte.

„Nein, ist es nicht. Hör mal zu: Keiner ist ertrunken. Keiner hat sich verletzt. Keiner ist ins Gefängnis gekommen." Brenda zählte einen Vorteil nach dem anderen an den Fingern ab. „Und das beste von allem ist, daß euer vielbeschäftigter Vater sich in Zukunft mehr um euch kümmern wird. Auch um dich. Denn du kannst nicht alles allein machen. Hast du das gehört, Shorty?"

„Was?" rief er aus dem Wohnzimmer.

„Ich hab gerade gesagt, daß der Vater dieser Kinder sich in Zukunft mehr um sie kümmern wird. Hast du das verstanden?"

Stille.

„Was diese Kinder brauchen, ist eine Mutter. Hörst du das, Shorty?“

Stille.

„Du solltest dir eine nette Frau suchen und heiraten“, schlug Brenda vor.

Stille.

„Obwohl ich nicht glaube, daß es sehr viele nette Frauen gibt, die dich nehmen würden. Im Grunde wüßte ich nur eine einzige.“ Brenda zwinkerte Retta zu und wartete. Als keine Antwort kam, streckte sie die Hand aus und legte sie auf Rettas Hand.

Retta sah auf, und Brenda sagte: „Alles wird gut werden.“

„Ich weiß einfach nicht, was ich falsch gemacht habe.“

„Du hast nichts falsch gemacht.“ Brenda schüttelte den Kopf. „Na gut, ihr seid ohne Erlaubnis schwimmen gegangen. Aber sieh mal, das tut doch jeder. Weißt du, nach unserer Abiturfeier hatten wir eine Tanzveranstaltung, und hinterher kletterten wir über die Mauer und badeten in unseren Abendkleidern im Schwimmbecken des Bürgermeisters.“

„Wirklich?“

„Meine Mutter hat mich fast umgebracht, weil ich ein neues rosarotes Kleid anhatte, das furchtbar teuer war. Das Kleid war natürlich verdorben. Ein Junge trug einen geliehenen Anzug und wollte nicht ins Wasser gehen. Also haben wir ihn hineingeworfen. Und dieser Leihanzug – er war wohl mit schlechter Farbe eingefärbt worden – färbte das Wasser des Swimming-pools schwarz-rot! Kannst du dir das vorstellen? Und als er aus dem Wasser stieg, hinterließ er überall, wo er ging und stand, eine dunkelrote Pfütze. Keiner wollte ihn in seinem Wagen mit nach Hause nehmen."

Retta zupfte wieder am Tischtuch. Sie sagte: „Ich kann mir nicht vorstellen, wie Mütter das machen."

„Was?"

„Ach, alles. Auf ihre Kinder aufpassen und dafür sorgen, daß etwas aus ihnen wird. Ich meine, wie kann man eine gute Mutter sein, wenn man dauernd sagt: *Laß das!* und *Tu das nicht!* Und wenn sie ihre eigenen Wege gehen, weiß ich auch nicht, wie Mütter damit fertig werden."

„Ich auch nicht, Spätzchen. In Sachen Kindererziehung bin ich ein richtiger Grünschnabel. Aber eines weiß ich: Man muß ihnen ihre Freiheit lassen. Wenn man jemanden so fest an sich bindet, daß er sich unfrei fühlt – ja, dann gibt's Schwierigkeiten."

Retta seufzte. „Weißt du was, Brenda? Ich hab meine Brüder die ganze Woche lang gehaßt. Ich hatte richtig Angst vor ihnen. Und ich hab mich so hilflos gefühlt. Und allein..." Retta schluckte.

„Du hast sie nicht richtig gehaßt, Spätzchen."

„Doch, das hab ich."

„Ich will dir mal was sagen. Meine Schwester Rhonda und ich, wir beide verstehen uns jetzt sehr gut. Wir telefonieren dreimal in der Woche miteinander, obwohl sie ziemlich weit von hier entfernt lebt. Jedenfalls, letztes Jahr haben wir zu Hause auf dem Dachboden ein paar alte Sachen durchgesehen, und dabei fand ich mein altes Tagebuch. Das ganze Tagebuch war voll davon, wie sehr ich Rhonda gehaßt habe. Rhonda durfte alles. Rhonda hatte die besseren Kleider. Rhonda dies, Rhonda das. *Ich hasse Rhonda* stand auf jeder Seite. Ich habe das Wort *hasse* so fest geschrieben, daß das Papier fünfzehn Jahre danach noch eingedrückt war." Brenda nahm Rettas Hand. „So was überwindet man. Später ändert sich das. Aber es gehört zum Erwachsenwerden."

„Ich glaube, ich hab's schon überwunden." Retta lächelte zum erstenmal seit vielen Stunden. „Bei allem, was ich sage, behauptest du, du hättest das gleiche auch schon erlebt."

„Das ist bloß, weil ich wirklich schon alles erlebt habe. Alles außer einem." Sie hob den Kopf und lachte Retta an. „Niemand hat mich je heiraten wollen. Das ist das einzige, was mir noch nicht passiert ist. Hast du's gehört, Shorty?"

„Ich hab's gehört."

„Glaubst du, daß es mal einer tun wird, Shorty?"

„Vielleicht. Es gibt eine Menge Dummköpfe auf der Welt!" lachte Shorty.

„Ein Dummkopf würde mir genügen."

Retta sah Brenda an. Plötzlich begriff sie, daß Brenda und ihr Vater vielleicht wirklich heiraten würden.

„Was ist los?" fragte Brenda. „Gerade hast du noch ganz normal ausgesehen, und kaum wende ich mich für ein paar

Sekunden ab, hast du so einen komischen Ausdruck im Gesicht."

„Ich hab nur an etwas gedacht."

„An etwas Unangenehmes?"

„Nein."

„Na, das ist gut, denn wir haben hier für eine Nacht schon genug unangenehme Gedanken gehabt." Brenda wandte sich wieder zur Tür. „Shorty, komm zu uns herüber. Ich mache etwas zu essen."

Sie bekam keine Antwort. Shorty Anderson saß im Wohnzimmer. Die letzten Stunden hatten ihn so aus der Fassung gebracht, daß er nicht einmal seinen roten Samtanzug ausgezogen hatte. Der Telefonanruf des Obersts hatte ihn erschreckt und verstört. Und der Anblick seiner Kinder, die ihm irgendwie plötzlich kleiner und blasser vorkamen als sonst, war nicht gerade beruhigend gewesen. Ihm war, als müßte sich immer ausgerechnet dann etwas Schlimmes ereignen, wenn sein Leben gerade eine gute Wendung genommen hatte.

Sein neues Lied war auf die Hitliste gekommen. Und gerade jetzt, wo er seine ganze Zeit darauf verwenden wollte, einen richtigen Erfolgsschlager daraus zu machen, merkte er, daß seine Kinder ihn brauchten. Das bedrückte ihn so, daß er nicht einmal ein Lied darüber schreiben wollte. Er machte sich Vorwürfe. Seine Kinder brauchten ihn, und er hatte es nicht gemerkt.

„Shorty, hast du mich rufen gehört?"

„Ich hab's gehört." Er stand auf, ging in die Küche und

öffnete die Kühlschranktür.

Retta beobachtete ihn. „Ich hoffe, du willst nicht in diesem Anzug etwas essen", sagte sie. „Du weißt, daß du beim Essen immer kleckerst. Ein Mayonnaisefleck, und der rote Samt ist im Eimer."

Er stand müde beim Kühlschrank.

„Zieh jetzt diesen Anzug aus, und ich mache dir etwas zu essen. Was möchtest du haben?" fragte Brenda.

„Spiegeleier." Gehorsam ging er in sein Zimmer.

„Retta, möchtest du auch ein Spiegelei?"

„Nein, danke."

„Na gut, dann geh jetzt ins Bett. Irgend jemand muß hier mal anfangen, für Ordnung zu sorgen!" Brenda lachte.

Retta nickte. Sie stand auf. „Gute Nacht, Brenda."

„Nacht, Spätzchen!" Brenda umarmte Retta und drückte sie fest an sich. „Und schlaf morgen richtig aus. Das ist ein Befehl. Ich mache ein paar Brote mit Rührei und lege sie in den Kühlschrank. Die könnt ihr zum Frühstück essen."

„Halten sie sich denn?" fragte Retta. Plötzlich merkte sie, wie erschöpft sie war.

„Ach, die werden nur besser! Die Butter dringt so richtig ins Brot ein, und wenn du's röstest... na, wart's ab bis morgen früh, dann wirst du es schon sehen."

„Gut."

Retta verließ die Küche und blieb im Flur stehen. Ihr Vater stand in seinem Zimmer vor dem Spiegel. Er betrachtete sich noch einmal in seinem roten Samtanzug, ehe er ihn auszog. Er sah sich von der Seite an. Es munterte ihn ein wenig auf, sich in diesem Stoff zu sehen, der so richtig wie für Stars geschaffen war. Seine Müdigkeit begann nachzulassen.

Während er sich betrachtete, sang er leise. Dann fiel sein Blick auf Retta, die ihn beobachtete. Er sagte: „Hab ich dir schon erzählt, daß mein Lied für Mama auf der Hitliste ist?"

Sie nickte. „Vielleicht kommt's unter die ersten zehn. Ich wünsch es dir."

„Oh, Spätzchen, das wünsch ich mir auch!" Er kam auf den Flur. Sein Schwung kehrte zurück. Er umfaßte Retta und tanzte mit ihr ins Wohnzimmer. Er steuerte sie durchs Eßzimmer, in die Küche, um den Tisch herum und wieder in den Flur hinaus.

Brenda rief: „Shorty, du solltest dich umziehen, und Retta soll ins Bett gehen!"

„Eins nach dem anderen!" rief Shorty Anderson zurück. „Jetzt tanze ich mit meiner Tochter!"

Er schwenkte Retta im Flur herum und drehte sie, bis ihr schwindlig wurde. Dann küßte er sie, ließ sie los, summte dabei noch immer vor sich hin, tanzte allein wieder in sein Zimmer und zog den roten Samtanzug aus.

Wir schaffen es gemeinsam

Retta stand auf dem Flur, noch immer leicht benommen. Sie hatte ein seltsames Gefühl. Alles war anders, und doch hatte sich eigentlich nichts verändert. Es war wie in jenen Geschichten, wo ein Mensch in eine andere Zeitebene versetzt wird, dort ein ganz neues Leben führt, dann zurückkehrt und merkt, daß inzwischen nicht eine Minute vergangen ist, daß alles und jeder unverändert geblieben ist.

Sie warf einen Blick in das Zimmer ihrer Brüder. Sie schliefen. Leise ging sie hinein. Roy bewegte sich und hob den Kopf.

„Bist du es, Retta?“

„Ja.“

„Was machst du?“

„Nichts. Ich stehe nur hier.“

„Du kannst zu mir ins Bett kommen, wenn du willst.“ Das war Roys Friedensangebot. Er konnte sich nichts Einsameres vorstellen, als allein im Bett liegen zu müssen.

„Na gut, für ein paar Minuten.“

Roy rückte zur Seite. Retta stieg über das Fußende des Bettes und legte sich neben ihn. Johnny schien fest zu schlafen. Sie drehte sich auf den Rücken, die Sprungfedern quietschten gemütlich.

„Was machen wir morgen, Retta?“ fragte Roy schläfrig, mehr aus Gewohnheit, als weil er es wirklich wissen wollte.

„Oh, ich weiß nicht.“ Sie schluckte. „Wahrscheinlich will Johnny sich mit Arthur treffen, und du wirst mit irgend jemandem spielen. Ich weiß nicht genau.“ Sie stockte. „Möchtest du irgend etwas Besonderes tun?“

An der Art, wie sie die Frage stellte, war etwas Endgültiges – so, als würde das, was sie am nächsten Tag unternahmen, den Schlußstrich unter etwas setzen.

Roy sah Retta an. Sie starrte zur Zimmerdecke hoch. Im Licht, das aus dem Flur kam, hatte ihr Gesicht einen merkwürdigen, neuen Ausdruck. Für einen Moment sah sie so sehr wie seine Mutter aus, daß er den Atem anhielt. Zum erstenmal sah er, daß Retta die gleiche Nase hatte, die volle Oberlippe, die gleichen Augen wie seine Mutter. Und das helle Licht vom Flur betonte diese Ähnlichkeit noch.

Die letzte richtige Erinnerung, die Roy an seine Mutter hatte, war, wie sie auf der Bühne stand. Scheinwerfer hatten sie angestrahlt, so daß jeder im Zuschauerraum sie sehen konnte. Er hatte an der Seite gesessen und ihr Profil gesehen. Roy blinzelte, und plötzlich war er wieder in seinem Bett. Er wußte wieder, daß Retta seine Schwester war.

„Gibt es etwas, was du morgen tun möchtest?“ fragte

Retta noch einmal.

„Ich möchte die Wunderpflanze sehen", sagte er, ohne zu überlegen.

Sie sah ihn an, und er bewegte den Kopf auf dem Kissen. Dann blickte er zur Zimmerdecke. „Retta?"

„Hm?"

„Ist es eine riesengroße Pflanze mit Blättern und gewaltigen Blüten und so?"

„Nein."

Roy holte tief Luft. Der Wind wehte nicht aus der richtigen Richtung, doch ihm war, als könnte er die Wunderpflanze ein letztes Mal riechen. Er atmete aus.

„Es ist eine Fabrik, nicht?" fragte er.

„Ja."

„Und es gibt gar keine Riesenpflanzen mit Riesenblättern, oder?"

„Vielleicht im Urwald, Roy. Ich weiß nicht."

„Ja, im Urwald, oder vielleicht auf einem anderen Stern. Es könnte doch riesige Pflanzen auf anderen Sternen geben!"

„Ja, warum nicht."

„Aber hier nicht."

„Nein."

Ein Gefühl der Zufriedenheit überkam Roy, während er ruhig in seinem Bett lag. Es war, als wäre er stärker geworden, weil er die Wahrheit über die Realität des Lebens annahm. Er fühlte sich mutig und groß.

„Hier gibt's keine Riesenpflanzen", wiederholte er und

fühlte sich immer besser.

Retta stützte sich auf die Ellbogen, um ihn anzusehen. Sie kannte seinen Glauben an die Wunderpflanze als einen Überrest aus seiner kindlichen Märchenwelt. Doch nun wirkte er fast vergnügt, während er dalag, die Decke bis zum Kinn hochgezogen. Vielleicht, dachte sie, war jeder von uns schon einmal in einer seltsamen, fremden Zeit, während der Rest der Welt sich nicht verändert hat. So wie im Märchen. Oder in einem Traum, aus dem man erwacht.

„Ich glaube, ich muß jetzt in mein Bett", sagte sie. „Es ist schon drei Uhr früh." Sie umarmte Roy. „Gute Nacht!"

Dann drehte sie sich um und umarmte auch Johnny. Johnny schreckte aus dem Schlaf auf. Er wurde aus einem Traum gerissen, in dem er und Arthur als erwachsene Männer Raketen zu unerforschten Planeten schickten. Er wand sich vor Unbehagen und sagte: „Laß mich los!"

„Hab ich schon", erwiderte Retta.

„Retta, du kannst mich umarmen, soviel du nur willst. Mir ist's recht, auch wenn du mich noch so oft umarmst!" sagte Roy.

„Danke." Retta lächelte.

Sie kletterte über das Fußende des Bettes und ging zu ihrem Zimmer. Im Flur stieß sie mit ihrem Vater zusammen, der ohne seine Cowboystiefel noch kleiner als sonst war.

„Geht denn hier keiner mehr ins Bett?" fragte er.

„Doch, ich bin gerade dabei."

Retta trat in ihr Zimmer und kroch unter die Bettdecke,

ohne sich auszuziehen. Sie seufzte. Sie war so müde, als hätte sie schwer gearbeitet.

Aus der Küche konnte sie Brendas Stimme hören. „Hier sind deine Spiegeleier", sagte sie.

Shorty Anderson erwiderte: „Hör mal, das ist eigentlich keine schlechte Zeile für ein Lied."

„Was? ‚Hier sind deine Spiegeleier'?"

„Nein, das, was du mir vorher ins Wohnzimmer zugerufen hast. Ich sagte: ‚Es gibt eine Menge Dummköpfe auf der Welt', und du hast gerufen: ‚Ein Dummkopf würde mir genügen!'"

Brenda sagte: „Also, du kannst froh sein, daß du dich umgezogen hast. Jetzt ist schon wieder Eigelb auf deinem Hemd. Wenn das Samt gewesen wäre, na..."

Shorty erwiderte: „Reich mir mal eine Serviette." Ein Rascheln erklang, als er die Papierserviette in seinen Hemdkragen steckte. „Hör mal zu, Brenda!"

„Ich höre."

Er begann zu singen: „Du brauchst nur einen Dummkopf, und den hast du in mir. Du brauchst..."

„Shorty, hat dir nie einer beigebracht, die Hand unter die Gabel zu halten, wenn du Eigelb zum Mund führst?"

„Tut mir leid, Liebling. Gib mir noch eine Serviette."

„Hier sind zwei."

Wieder erklang Geraschel. Dann sagte Shorty: „Wart einen Augenblick!"

Er begann wieder zu singen: „Du hast einen Dummkopf, der dich liebt...". Eine Pause trat ein. Dann sang

Shorty weiter: „Du hast einen Dummkopf, der dich braucht und es nicht zeigen will. Einen Dummkopf hast du für gute Zeiten und einen für die schlechten, und einen Dummkopf, der..."

Er stockte. „Ich hole meine Gitarre."

„Ich hole sie dir", sagte Brenda.

Und in der gemütlichen Stille, die nun folgte, schlief Retta ein.